オルクセン
王国史
野蛮なオークの国は、如何にして平和なエルフの国を焼き払うに至ったか
1
樽見京一郎
illustration.
THORES柴本

CONTENTS

第一部

へいわなオークのくに

History of the Kingdom of the Orcsen
How the barbarian orcish nation came to burn down the peaceful elfland

お天道様　お天道様
明日天気にしておくれ
お天道様　お天道様
明日は雨にしておくれ
お天道様　お天道様
実りを豊かにしておくれ
どうか豊かにしておくれ

World Map

History of the Kingdom of the Orcsen
How the barbarian orcish nation came to burn down the peaceful elfland

第一部

へいわなオークのくに

History of the Kingdom of the Orcsen

第一章

国境の大河

豚頭族《オーク》の王グスタフ・ファルケンハインにとって、狩猟は趣味と実益を兼ねるものである。
ましてやそれが北方国境地帯――シルヴァン川流域の森林地帯でのものともなれば。

大河シルヴァンを挟んで対岸は、もはや隣国である。将来的にはこの地は戦場となるかもしれない。全てを貪欲に食らい尽くすとされるオークにとって、そういった意味でも狩場となるやもしれぬとあれば、自然と熱も入るというもの。

表向きはお忍びの保養に訪れているとはいえ、側近どもを引き連れ、このような僻地の山野を夢中で駆けていたのにはそんな理由があった。

かつてこの地には、ドワーフたちの立派な国があった。

いまは滅ぼされ、しかもそれは遠い過去のことであり、住まう者も疎《まば》らである。

隣国とは国交も個別レベルの交流すらも絶えていたから、街道さえ古びてしまっている。

グスタフの国オルクセンの民のうち、放牧に訪れ、酪農をし、あるいはコボルトの額ほどの広さの土地で農耕を営む者がわずかにいるだけだ。

河岸までいくと彼の国の領地内と呼べるかどうかは怪しく、国境線未確定地域とするのが相応《ふさわ》しいだろう。

シルヴァン川東部下流域南岸はグスタフの国の一部ということになっているが、中部と西部にはかつての旧ドワーフ領を中心に川向こうの国の入植地も街もあり、必ずしも河川そのものが国境とも呼べず、両者の境界は複雑に入り組んでいる。

ゆえに、この辺りの地図は、場所によってはひどく古いものしか残っていない。

新たに地図を作り、地形を調べ、植生を記録し、天候を知る必要があった。

世に産業革命があり。市民革命があり。

「剣と魔法」の時代から「銃と魔法」の現代へと移って久しいこんにち、戦争は諸事複雑になってきている。

日頃から備えをしておかねばならぬ。

巻狩りの追い役や、待ち構えて猟銃を放つ者らはみなグスタフの側近たちだ。

将来戦場を学ぶには、実際にその地を駆けてみるのがいちばんである。

ただ――そのような煩瑣《はんさ》を抜きにして、狩りとは楽しいものだ。

包囲網を狭め、巨狼族を放ち、待ち構え、銃を撃ち、獲物を仕留める。

気配を悟られぬよう風を読み、地の起伏を利用し、あるいはどうやって故意に姿を見せ、威嚇するか。追い込む先は山頂がいいのか、あの渓谷がいいのか。

狩りそのものもまた、ある種の軍事行動と似ている。

頭も使えば、体も使う。

このうえなく楽しかった。実際に獲物も射止めている。

一度の巻狩りで、大きな、たいへん立派なヘラジカ《エルク》を一挙に七頭仕留めたのだ。丸々と太った雉《きじ》も十羽ばかり。今宵の宴は実に豪勢なものとなるだろう――

異変は、狩りを終えてから起こった。

巨狼の一頭が吠えたのだ。もう、獲物もいないというのに。

それも長鳴きだ。つまり、主《あるじ》を呼んでいる。

耳を傾け、鼻をひくつかせ、方向を確かめる。山麓のほうだ。遠くはない。

「陛下」

「じい、案ずるな。待っておれ」

グスタフは同道していた側近のひとりをそのままにとどめ置き、狩猟服に包まれた二メートルを超える丸々とした巨躯を巡らせ、もし人間族が眼前にすれば我が目を疑ったであろうほどの俊敏さでもって、山道を山麓方向へと駆けた。

この辺りの森林は濃く、巨木が群れ、昼間でも薄暗い。

再び巨狼が吠えなければ、鼻だけを頼りにすることになっただろう。


――これは。


血の匂いがした。獣のものではない。

灰色に鈍く輝くしなやかな毛並みが、木々の狭間からたっぷりと見えてきた。

他種族なら失禁をしかねない巨躯。あちらでも気づいたらしい。獰猛な顔と氷のような瞳をこちらへと向けている。

彼の飼う巨狼族の一頭だ。アドヴィンと名付けている。

「我が王《マイン・ケーニヒ》」

アドヴィンが、頼もしい声を上げた。

巨狼族は、いまではオーク族の忠実な飼い犬のようになっているが、本来なら誇り高き立派なひとつの魔種族だ。賢く、言葉をも解する。

「どうした？」

「これを」

巨狼が鋭くしなやかな鼻筋を向けた先を見やると――

窪地に、一個の影が横たわっていた。

人間というには、長躯である。かといって、オークではない。

近づいてみると艶やかな栗髪。

茶褐色の肌。

長く尖った耳。

濃い茶色の羅紗《らしや》製フード付きケープに、カウル襟のバルキーニット、革製のボディスとハイウェストパンツ。山野を駆け巡るには最適であろう、狩猟靴。腰には独特な形状をした大振りの山刀が革鞘に収まっている。

どうやら肩下ほどまであるらしい髪は後ろで高く纏《まと》め、その顔立ちは燐として美しい女のものだ。

意識を失っているようで、瞳の機微までは分からないが、凜々しい眉、長い睫毛のかたちまでがよい。

両頬には白の顔料を用いた戦化粧が、高く通った鼻梁のそばから尖耳の耳朶下ちかくまで二筋。


なんと。

なんと、なんと。

「闇のエルフ《デックアールブ》じゃないか」

瞠目する。

ダークエルフ。俗に黒エルフともいう。

川向うの種族であって、グスタフの国ではそうそうお目にかかれるものではない。

神話伝承の類に呆れるほど登場するエルフ族の亜種族で、森と湖の領域の精霊か何かだと思われていて、それゆえに人間族などからも奇妙なほどの人気がある存在。

だがそのような存在をして、世俗とは無関係ではいられないらしい。

片膝をついて確認すると、血の匂いが濃くなった。

左の肩と、右の脇腹に銃傷がある。

どちらも貫通しているようだが、脇腹の傷が深い。

その威力からして、猟銃などではない。軍用銃によるものだ。

積み重なった枯葉の上に、血だまりが出来ている。

褐色の肌が土気色を帯びて見えるのは、この女の生まれゆえだけではないだろう。

そっと、頬に触れてみる。

半ば冷たくなりかけていた。

いまは秋。冬も近いころだ。昼間といえど大気は冷涼で、夜ともなればぐっと気温も下がる。

このままにしておけば、いかな長命長寿不老のエルフ系種族といえども、間違いなく息絶えてしまうだろう。

「…………」

グスタフは自らの腰に巻いた革帯にある雑嚢《ざつのう》から、一本の金属製薬瓶を取り出した。

万能薬《エリクシエル》だ。水溶薬《ポーション》型。

霊薬の原材料として知られるアンゼリカ草、モミの雌花などから精油を抽出し、砂糖やナツメグ、何種類ものハーブと調合した魔術薬。

それも軍用の、重傷者に用いる高純度なものだ。

ダークエルフの女、その口元に薬を運ぶ。

嚥下《えんげ》してくれなければ、粉末型《パウダー》と療術魔法《ヒーリング》を使うまでだ。

エリクシエルは生産量も少なく高価だが、体力と気力、魔種族の持つ魔術力を恢復させ、治癒力を高め、高純度なものだと多少の外傷など塞いでしまうほどの効果がある。

幸いにも、形のよいぽってりとした唇は万能薬を含み、嚥下もしてくれた。

続けてやはり腰にぶら下げた、平たい大型水筒を取り出し、蓋を開け、これもまた飲ませた。グスタフ自身が寒気を感じたときにでも含もうと携えていた、グロワール産の林檎の蒸留酒《カルヴァドス》だ。

こいつは素晴らしい。旨いだけでなく、高貴な香りがし、気つけにもなる。

「う……ん……」

女が呻《うめ》いた。

意識ははっきりせぬものの、早くも傷口は塞がり、止血も出来たようだ。

「アドヴィン、背を貸せ」

「はい、我が王《マイン・ケーニヒ》」

巨狼の背に、担ぎ上げた闇エルフの女を乗せると、どうやら彼を探して騒ぎ始めたらしい側近たちの気配がする山中を、静かに麓へと降りた。

辺り一帯に散らばっていた女の持ち物は、グスタフ自身が拾い集め、携える。

よく手入れされた、レバーアクション式の単発騎銃が一丁。雑嚢と水筒が一つ。

機微を確かめる。銃は弾を撃ち終えた状態だったが、排莢《はいきょう》はされていなかった。そういえば女の盛り上がった胸元には革製の弾帯があったが、そちらにも残弾はなかった。

雑嚢には、エルフ族特有の、穀類を固く焼締めた携行食料がほんの僅かばかり。生活必需品が幾つか。羊飼いが使うものに似た、喇叭《らっぱ》もあった。印章のおさまった小袋を見つけると、思うところがあり片眉を上げた。

水筒は空であった。匂いを嗅いでみる。ジャガイモで作られる火酒のそれがした。妖精さんはこんな強い酒を飲むのかと、少しばかり目が点になった。


山麗では、既に配下の者たちが篝火《かがりび》を焚きはじめていた。宿舎にしている山荘が、木製構造材に白漆喰の外壁と鋭い屋根で陰影をつくり、視界へと入ってくる。

「……我が王。珍しい獲物でございますな」

「じい。医者と療術士を呼び、この者を治療してやれ。軽く処置はしてある」

安堵した様子で出迎えた側近に、手早く命じた。

「それと、ただちに警護の山岳猟兵を集めてくれ。この様子では、噂は本当らしい」

「エルフどもの噂にございますな?」

「ああ。同族内で殺し合っているという、例のな」

「……やれやれ。いささか、困ったことになりますな。事態は動くことになります」

「そのことよ。だが止むを得ん。猟兵による捜索を行え。コボルト兵の魔術斥候《せっこう》も使って構わん。ただし出力は弱くさせろ。まだこの者の仲間もおるやもしれん」


俗に言う「見知らぬ天井」というやつを、ダークエルフ族の女ディネルース・アンダリエルは経験することになった。それも、息をも呑む環境下で。


太い木材を山岳地帯式に組んだ、高い天井。

明るい照明。

清楚な室内。

極めて大振りな寝台に、白い綾織の病衣を着せられ、彼女は横たわっていた。

半ば混濁した意識のまま、左手を目の前でひらひらとさせる。

手ひどく負ったはずの銃傷による痛みがない。

脇腹も同様だった。

無意識のうちにもはっと思い至るものがあり、胸元に手をやる。

安堵した。

守りの木塊は、革紐で通され首に下がったままだった。

エルフ族《エルフィン》は、白エルフ《アールヴ》も黒エルフ《デックアールヴ》も、産《い》まれ出でたそのとき、一族が近くの森に赴いて掌《てのひら》に収まる程度の護符を拵《こしら》える。白銀樹《はくぎんじゅ》の大振りな枝からそれを削り出す。そうして首からぶら下げて、死ぬまで肌身離さない。再び生まれ変わったとき、また元の場所に戻れるように。

エルフ系種族にとって、何よりも大切なものだ。

願をかけるときや魔術を強く使用するときなど、何度も触り、握りしめるので、長い年月のうちに摩擦により自然と光沢を帯びて、まるで宝石のようになる。


――ここは……いったい……？


ようやくそれを考えた。

「お目覚めになりましたね」

彼女の足元のほう、部屋の一隅で誰かが言った。

看護帽。清楚とした青縞《あおしま》のワンピース。

看護婦だ。

ディネルースはたいへん驚いた。

身なりからしてどう見ても看護婦は看護婦だが、巨体である。

背丈はエルフと変わらないものの、肉塊と呼べるほど横幅がある。首は太く、腕や足は、まるで丸太のようだ。目方にすれば、どれほどになるか。信じられない重さに違いない。

なによりも、その豚顔。

オーク族《オルクス》だ。

「どうして……」

何故オークが。

狂暴で、粗野で、エルフはおろか同族すら喰らうという貪欲の魔物オークが。

何故。何故。何故。


「いま先生を呼んで参ります」

看護婦はディネルースの困惑をまるで誤解したらしい。丁寧にお辞儀をして誰かを呼びに行った。

すぐにやってきたのは、眼鏡をかけ白衣を羽織った、身なりも立派な医者。

だがこれもまたオークだ。

オーク族はそのほぼ全てが黒目で体毛もなく、やや薄桃色がかった白い肌をしていて、彼女にはまるで見分けがつかないが、こちらは男――いや、牡《おす》のオークらしい。彼に従って戻ってきたさきほどの看護婦より、顔つきの彫りが深く、下顎から両頬脇へと伸びた牙も鋭く大きい。

腕をとられたときは、一気に体が強張り、恐怖がこみ上げ、正直なところ喰われるのかと思った。

手首へ太い指で触れられ、ようやく脈をとられているのだとわかる。

「少し、速いかな……だがすまない、私も君たちの種族を診た経験はそうなくてね。ともかく、いま少し休みなさい」

そりゃ鼓動も速くなるでしょうよ、などとディネルースは思う。

困惑と恐怖でいっぱいだ。

なぜ。本当になぜ。

オークとは、もっと凶悪な、非文明的な生き物のはず。

それがどうしてこれほどの医療を。人間族たちの言うところの、科学的なものを。

なぜ、私を助ける。

膨大な数ゆえに常に飢え、周囲の種族たちをも喰らう存在のはず。

彼らに見つかった以上、とっくに餌食にされていてもおかしくない。

ディネルースは一二〇年ほど前に、オークたちと戦ったことがある。ここから北西に少しいったところの、ロザリンド渓谷でだ。彼らのことはよく知っているつもりである。

――騒々しい奴ら《メルイシス》。

彼女の一族では、そう蔑称で呼んでいた。

耳障りな甲高い声で喋り、喚《わめ》き、周囲を侵す。貪欲に全てを喰らい尽くす、穢《けが》らわしい野獣の如き生き物たち。なまじ知恵があるだけに厭《いや》らしい目つきと下卑た言葉遣いをしたドワーフどもよりは、まだ単純なぶん幾らかマシなだけ。

その彼らが、どうして。


「失礼するよ」

困惑のうちに、一頭の牡オークがやってきた。

山岳民族衣装風の、狩猟装い仕立ての身なりはいい。

まるで人間族の服飾のようだった。

ディネルースより頭一つ高いから、オーク族の牡としても大柄なほうだ。

何よりも、その声音に困惑した。甲高くなどなく、低く、父性的ですらある。

魔種族としての位階は、おそらく相当高い。巨躯から滲み出る魔力がある。これもまたオークとしては珍しい。オークは、馬鹿力こそあるが、魔術力を持つ個体はそういない。

「戸惑っているようだな。無理もない――」

寝台際にあった、彼女の種族から見れば大ぶりな椅子にそのオークは着き、苦笑した。

「だが安心してほしい。我ら種族が他の魔種族を喰らう習慣を捨て、もう七〇年ばかりになる。いまでは国法として禁忌ですらある。君を取って喰おうなどとは思っておらん」

「………………」

俄《にわか》には信じがたい話だったが、思い当たる噂は耳にしたことがある。

――シルヴァン川より南に住まう蕃族《ばんぞく》たちが、たいへん大きな国をつくっている。

その国のことだろうか。

「ともかくも、お礼を――」

迷った末、ディネルースは上体を起こし、名乗りを述べた。

いかな悪鬼ども相手とはいえ、助けられ、口上も述べられぬようでは氏族長の名が廃る、そのように思えたのだ。

「そうか、やはり族長殿か。気配風格からそうではないかとは思っていた」

オークもまた名乗りをした。

「オルクセン国王グスタフ・ファルケンハインと申す。出来れば、事情を聞かせてもらえると有難いのだが、無理強いはしない」

「………………」

オーク王。

王なのか。

この風格、魔力。さもあらん、だ。

「あれから――と言っても、君は気を失っていたが、君を助けてから更に一〇名ほどをこの辺りで見つけた。皆が皆、傷を負っていたが治療は済ませた。別の部屋にいる。あとで会うといい」

「それは……」

ディネルースは起き上がろうとしたが、オーク王は軽く手のひらを広げる仕草で制した。

「まずは食事を摂りたまえ。それからでも遅くはあるまい？　君の仲間にもそうしてもらっている」

彼が合図をすると、あの看護婦がウッドボードに載せた食事を運んできた。

ベッドに折り畳み式の小机を設《しつら》えてくれ、料理が並ぶ。

小麦入りのライ麦パン。バターと苔桃《こけもも》のジャムを添えて。

杏子茸《あんずたけ》をたっぷりと使った、クリームスープ。雉肉の団子入り。ブラックペッパーをほんのり効かせて。

ヘラジカの香草煮込み。こんがりと焼いたジャガイモとニンジンを付け合わせ、濃厚なソースで仕上げたもの。

体を温める赤ワインも、病み上がりの身に毒とならぬ程度に。熱くし、シナモンとクローブ、ドライオレンジを含ませてある。

「食は全ての根幹だ。急なことゆえあり合わせになってしまったが、なるべく君たちの郷土料理に寄せて用意させてみた。ではのちほど」

「か、かたじけない……」

あり合わせ？　これが。

私たちの料理に寄せて……？

とんでもない。

我らの郷土料理は、日常的にはこれほど豪華ではない。我らの食《は》むパンに小麦など入っていない。

ずいぶんと手が込んでいる。まるで冬至祭のハレの料理だ。

とくに、スープが食欲をそそった。エルフ族全般が好んでやまない杏子茸と、バターとクリームのいい匂い。

温かい食事など、幾日ぶりだろうか。

空腹は最高の調味料と、俗にいう。それは事実でもあった。

あさましくも思えたが、ディネルースは完食した。

染みる。

四肢の隅々にまで力が漲《みなぎ》るようだ。

ふつふつと気力までが満ちるとともに、思い出したくもないことも甦ってきた。


――血の匂い。悲鳴。銃声。炎。殺戮。


大願成就のためには力をつけねばと完食したが、血の色にも思えるワインを飲み干したところで堪えきれなくなり、衝動に突き動かされ、室外に控えていた看護婦に声をかけ、手伝ってもらって着替えをした。

彼女の衣服は既に洗濯され、綺麗に乾かされていて、それもまた有難かった。

その様子からして、己は少なくとも数日は眠っていたらしい。


案内され、階下にあった大部屋へ通される。

「ディネルースさま！」

「ディネルースさまだ！」

「ああ、ああ。イアヴァスリル！　アルディス！　エレンウェ！　それに貴女たち！　無事だったのだな……無事でいてくれたのだな……！」

ディネルースと彼女の仲間たちは手に手を取り合い、抱擁しあい、泣いた。

再会できた喜びもあれば、助けられた上でこう言っては何だが、気の弱い者のなかには突然オーク族たちの中で目覚め、不安がっていた者もいた。その安堵だった。

彼女とともに、凄惨な出来事から逃れるため同族や近隣氏族の生き残りで大河シルヴァンを越えようとした者は三〇名。

そのうちいま無事が確認出来たのは、彼女を含めて一四名。

オークたちの捜索は入念なものだったというから、その言葉を信じるなら、残りの者たちは駄目だったのだろう。

――戻らねば。故郷へ。

白エルフどもを、ひとり残らず殺すために。

許さない。

奴らを許さない。

絶対に許さない。

「――そうだったのか。惨いことを……惨いことを……」

　本心である。心からのものだ。そのつもりだ。


　山荘の談話室で詰め物のよい椅子に腰かけたグスタフは、種族の者まで救ってくれたことに意を決し全ての事情を話したディネルースを前に、ようやく感想らしきものを漏らすことが出来た。

　彼女も座らせてある。

　配下でもない者を、ましてや誇り高き他種族を立たせたままにしておく趣味はグスタフにはなかった。

　淹れたての濃く熱いコーヒーがサイドテーブルにあったが、口をつける雰囲気ではなくなっている。

　噂通り、シルヴァン川北岸の国――ベレリアント半島エルフィンドのエルフたちは、同族同士の内戦に陥っているらしい。

　いや、果たして内戦と呼べるかどうかすら怪しかった。

　国民の九割九分以上を占める光のエルフたち、エルフといえば誰しもが想像する白い肌のエルフたちが、ダークエルフ族を一方的に殺戮《マサーカー》しているというのだ。

　グスタフは脳内の記憶と知識の棚のなかから、この事態に相応しい言葉を探した。

　ぴったりのものを思い出す。

――民族浄化というやつだな。

彼から見れば、エルフとダークエルフにはさほど大きな種族上の違いはない。

そもそも今眼前にいるディネルースとて、他種族が抱く空想ほど「黒く」はない。熟した麦のような、健康的な茶褐色の肌だ。ダークはダークであって、ブラックではないのだ。

エルフもダークエルフも長身だが、おおむね前者は線が細く可憐な妖精じみていて、後者は四肢にしなやかな逞しさが漂う野性的な体躯をしているという違いはある。

だが、多くの民族抗争がそうであるように、例え他種族からどのように似通って見えようとも、彼女たち自身の種族間の考え方では、両者は決定的に異なるものだという。

その種族としての分岐過程に本当のところ何があったのかは、彼女たちにも最早よくわかっていない。上古の昔、この世界の成り立ちに絡むと伝承の残る降星雨の光を見た者と、そうでなかった者だという。彼女たちの古い言葉でいうところの、「光のエルフ」と「闇のエルフ」という呼称は、そこから来ている。

そのような神話めいたものが肌の色まで変えてしまうとはグスタフには思えなかったから、おそらく単なる伝承に過ぎないであろうが――

ともかくも両者は、同じ地域同じ国《エルフィンド》に暮らしながら、居住する地方と文化を別にしてきた。

ダークエルフ族は大陸とベレリアント半島の境を流れ、伝承神話が彼女たちの国の国境だと定める、シルヴァン川北岸一帯。その山岳地帯で放牧と酪農、狩猟を糧に。

白エルフたちはそれより北方、国土の大部分であるベレリアント半島の中心部から北端まで。森林と湖沼を愛し、農耕を主に。歌と音楽、知恵と言葉遊び、書物を友にして。

エルフたちはダークエルフに対して侮蔑にも似た差別感情を抱き続けていたが、それでも彼女たちが対外戦争を戦っているうちは良かった。

両者はしばしば協力し、手に手を取り合って、作戦の類は白エルフが立て、ダークエルフの各氏族は精強無比な国境防護の戦士として、故国に勝利をもたらしてきたからだ。

しかし、対外戦争が絶え、ゆるやかな平和がここ一〇〇年ばかり続いた果てに——

国内にあって元々背景として存在した両者の関係に、好ましくない変化が起きた。

まず、経済競争原理の浸透と、人間族の国々からの科学技術の流入がいけなかった。

富の偏在と、新しい時代の新しい技術に乗れた者と乗れなかった者の別を生み出した。そしてそれは彼女たちの国では、エルフとダークエルフの別にそのまま符合してしまった。

あとは、導火線に火が着く直接的かつ決定的な「何か」を待つだけであった。

一年ほど前、それまでエルフィンド王家側近に取り立てられていたダークエルフのひとりが、反逆のかどで失脚。裁判こそ無事に済んだものの、他の側近たちに暗殺されたという。どうもこの事件自体は、陰惨だが、嫉妬や私怨から生じた政治闘争だったらしい。

だがこれを導火線として起こった、「ダークエルフ狩り」。

清楚として妖精じみた存在だったはずのエルフたちは、同根異種族を憎む差別主義者にして殺戮者に変わった。

いまやダークエルフたちは、地位的には元々足場の弱かった国家中枢から追いやられ、地域的には国境部へと追い立てられて、生物的には死に瀕している。

不意を襲われた大半の者。

銃殺された者。

縄で吊るされた者。

巨大な穴を掘り、生きたまま埋められた者。

生き続けることに絶望し、自ら死を選んだ者――

ディネルースの氏族の場合、ある日突如として、村ごとエルフィンドの正規軍に焼かれた。

ずいぶん大勢死んだという。

猟に出ていたため無事で済んだ彼女は、敢然と立ち向かったが、多勢に無勢である。

そして止むを得ぬ選択として、国境たるシルヴァン川を生き残った者たちと越え、オルクセン領を迂回路として逃げ延び、同じダークエルフ族の他氏族と連絡を取り合おうとしていた――

そういうわけだった。

――これは間接的には私にも罪のあることだな……

グスタフはそっと、やや歪んだ思考を弄《もてあそ》んだ。

エルフィンドにとって、過去の主たる対外戦争の相手は我らがオーク族。

長い年月がかかったが、そのオークの地域を纏め、侵略戦争を控え、明確な国法を定め、産業を興し、人間族たちとさえときに争いつつも交流し、国力増強に専念してきたのは私なのだから。

それが、エルフ系種族たちをこんなかたちで追い詰めてしまうとは……

「それで……これからどうなされる気か？」

「戻る。戻るつもりだ」

全ての説明を終えたあとで、ディネルースはきっぱりと告げた。

太いが形よく凜々しい眉にも、その栗色の髪と同じ色の瞳にも、強い意志が滲む。ふっくらとした唇は真一文字に結ばれている。地のものらしい低い声音や、野趣の色がある言葉遣い、エルフという種族に他種族が抱く想像よりずっと逞しい肢体の全身には、気圧《けお》されるほどの怨嗟《えんさ》の炎があった。

「氏族の者たちを助け、他氏族とも手を取り合い、可能な限りの抵抗をする」

「そうか……」

止めるつもりはなかった。口を出す権利もない。

だが。

――勝てまい。

数が違い過ぎる。

それは彼女自身にもわかりきっているようだった。

「白エルフたちを殺す。ひとりでも多く殺す」

「………」

無謀な抵抗であるなどとは、とっくに理解した上で。

それでも挑む以外の選択肢など存在しないほどに、ダークエルフたちは白エルフの手によって追い詰められるところまできていた。

そして、幾らか迷った上で、彼女は言った。

「このように助けてもらった上に、頼めた義理ではないが……幾ばくかの武器と医薬品を分けてはもらえまいか。そして、傷の酷い者、気の弱っている者をこのまま預かってはいただけまいか。代償に払う糧すらないゆえ、それさえ叶えていただけるなら、私は貴方に我が命を捧げよう。必ずここへ戻ってくる。そのあとでなら、私を食べてもらおうと、牝《めす》として扱ってもらおうと構わない」

「…………」

グスタフは眉間を揉んだ。

しばし沈思し、素早く思慮を巡らせ、脳内で吟味し、決断し、告げた。

「それほどの覚悟があるのならば、私は貴女に別の選択肢を提案したい」

「……うむ？」

「将来の捲土重来《けんどちょうらい》を期し、貴女の同胞たち皆で、私の国に移住してくるといい」

「…………馬鹿な」

ディネルースは、呆けたような顔をした。

そんなことが。

信じられない、といった表情だった。

「元々魔術力の高い貴女の種族は、ある程度近くまでいけば同族たちと交信できると聞いたことがある。事実だろうか？」

「……事実だ。だがいまはあまり強くは使えない。白エルフたちにも気取られてしまう」

「そうだな。だから、シルヴァン川北岸まで貴女が戻ることは同意する。そこでひとりでも多くの仲間たちと連絡を取り合い、他氏族をも集め、救い、大河を南へ越えさせよ。言っておくが、これは戦うよりも困難なことだ。白エルフたちに見つかってはならん。理由はわかるな？」

「――大っぴらに支援したことが白エルフどもに知られれば、エルフィンドと貴方の国とが戦争になりかねない」

「そうだ、その通り」

満点だ、というようにグスタフは頷いてみせた。

「だから素早く、迅速に、しかも極秘裏に、貴女が周囲を説得し、脱出を成し遂げねばならん」

「…………」

「私はこの南岸に、食料と医薬品、配下の者を集める。間接的な支援をしたのち、我が国へ迎え入れる」

「…………」

ディネルースは完全に迷っているようだった。

それは実行に伴う困難さを想像してというよりも、なぜこれほど望外な救いの手を差し伸べてくれるのか、そしてその救いの手を差し出した相手が、かつて戦場で相まみえたことすらあるオーク族であるという二点によった。

ディネルースはそれを率直に疑問として口にした。

「……どうして……そこまで。信じられない」

「……だろうな。無理もない」

グスタフもまた、腹を割って応じることにした。このようなときには小細工や欺瞞を弄さず、あるがままに語るのがいちばんだという経験が彼にはあった。

国を治める者は、腹芸や寝技を自在にこなさねばならぬが、常にそれがいいとは限らない。

「一二〇年ほど前の戦争で、私は貴女がたとロザリンド渓谷で戦ったことがある。私はまだ一兵士で、若造で。全体など見えはしていなかったが……」

「奇遇だな。私もそのころ既に氏族長としてあの古戦場にいた」

「そうか」

どうやらディネルースは、今年で一五〇歳になるグスタフよりずっと年上らしい。

エルフ族の氏族長とは、人間族に例えていえば村長や町長、市長といった役割に加えて、戦時においては氏族規模に応じて編成される軍の部隊指揮官でもあったから、魔術力と指導力があり、周囲が従いもする、ある程度年嵩《としかさ》のある者が選ばれると耳にしたことがあった。

「貴女がたに恨みなどない。兵と兵が相戦うは、世の習いだ。そもそも飢饉に瀕した我らがこの地のドワーフの国へと穀倉地帯を求め攻め入り、それにエルフィンドが脅威を覚え出兵したのだから、むしろ非は当時の我らオーク族にある。だがロザリンドの会戦で我らが敗走したあと、何が起こったかご存じか」

「……あのあと？　我らはオークを打ち負かし、帰還したが……」

「ダ、ダークエルフは、な」

「……どういうことだ？」

「白エルフの一部はロザリンドに留まった。そして返す刀で、このシルヴァン南岸を治めていたドワーフ王を襲った」

「……馬鹿な。ドワーフの国は貴方がたが撤退に乗じて滅ぼした。そう聞いた」

「なるほど、そのように聞かされてきたのか。個々の交易すら絶えてしまうはずだ。それはエルフたちのでっち上げた、偽りの物語だ。元々ドワーフを見下し、それでいて彼らの採鉱技術や冶金技術を脅威に感じていたエルフたちは、ドワーフの国をもっけの幸いと滅ぼしたのだ」

「…………」

「私は、白エルフがどれほどのことを計算高くしてのけるのか、あのときそれを実際に見た」

「…………」

「他にも、エルフたちの手でベレリアント地方から駆逐された魔種族はいる。巨狼、コボルト、大鷲……巨狼は牙を恐れられ、コボルトは商才を疎まれ、大鷲はエルフとは別の知能的な一族がいることが許せなかったらしい。いまでは皆、我が国にいる。なんなら会わせて差し上げよう。私の相棒は巨狼で、家政を預かってくれている者はコボルト、我が国の工業技術を支えているのはドワーフたちだ。大鷲たちは我らのために、空を飛んでくれる。私が他種族を喰らうことを禁忌として国法に定めたのは、彼らと糧を共にしていくためだ」

「…………」

「そして今回白エルフ族の標的になったのは、貴女たちの番だったというわけだ。それは貴女自身がたっぷりと見たのだろう？」

「…………」

ディネルースは完全に衝撃を受けていた。

四肢を震わせ、大きく肩で息をし、目は泳いでいる。

だが、あれこれと得心の行くものがあったらしい。

他種族の駆逐については、エルフィンドのなかで狩猟を得意技のひとつとするダークエルフ族のひとりとして、身に覚えもあったのだ。

そしてそれは、彼女の白エルフたちへの憎悪を増幅させた。対オークの聖戦と謳われた一二〇年前の出征にすら偽りがあったのだとすれば――

あれこれと白エルフたちから理由を吹きこまれ、言わば道具となって他種族を駆逐してきた過去にも後ろ暗いものがあったのだとすれば――

どれほどの長きにあって彼女たちの一族は騙され続けてきたのか――

そのうえで滅ぼされようとしているのなら。

まるで道化ではないか。

「故に、私はいつの日か、それもそう遠くない将来、エルフたちと我が国が戦争になると確信している。小競り合いなどではない、国と国の命運をかけた、国家総力戦とも呼ぶべき、最終戦争になるだろう」

「…………」

「そのとき、一種族でも多くの味方が欲しい。背を預けられる同胞が欲しい。貴女とその同族を助けるのはそれゆえだ」

打算もあるのだと、率直に告げた。

「…………葉巻、吸ってもいいかしら？」

「ああ、構わん。私もパイプを失礼しよう」

お互いが大きく吐息をついたあと、奇妙なほどの心理的雪解けが、グスタフとディネルースの間に流れた。

マッチを擦る音がほぼ同時に響き、紫煙が漂う。

おそらくこのダークエルフの低い声音は、こんな剣呑《けんのん》とした出会いではなく、もっと日常的な、穏健なもので交わせていれば、たまらなく優しく聞こえただろう質のものだな――

そんな他愛もないことを思う余裕も生まれた。

「いま一つ伺いたい、オーク王」

「何だろう？」

「貴方がそれほどの種族を集め、白エルフに打ち勝つ日が来たとき……いままでのエルフのように、今度はオークたちが他種族を粗略に扱わない、という保証はどこにあるのだ？」

――鋭いな、この女《ひと》は。

グスタフは舌を巻く。

これもまた、率直に答えることにした。

「確かに。我らは各種族のなかで最も数が多い。過去の所業も誇れたものではない。暴虐な存在となる可能性は、なきにしもあらずと思えるだろう。いや、そのように思えて当然だ」

――なにしろ、そんな目に遭った直後だからな。何も信じられなくとも、無理はない。

「しかし。一二〇年前ならいざ知らず、もはや不可能なのだよ、そんな事は。理由はやはり我らの数の多さだ」

「…………」

「我らはしかも、他種族からみれば信じられないほどの量を食らう。食糧を増産し、工業力を高め、国を富ませなければ、明日の糧を賄えない。オーク自身の殆どには馬鹿力はあっても魔術力はない。コボルトの魔術力と商才を借り、ドワーフの技術を学び、巨狼に放牧を手伝ってもらい、大鷲に天候を見てもらわねば。そして我ら自身が総じてその恩恵を噛みしめ、自ら汗をかかねば」

ディネルースはまた得心がいったようだった。

「……食は全ての根幹。そういう意味だったのね。しかもそれはとても上手くいっている、と。オークはこの一二〇年、ただの一度も収穫期になっても我らを攻めてこなかった。貴方や、医師たちの様子を見ても、どれほど発展したのかわかる」

あの食事。

あれがあり合わせのものだというなら、物を作り上げ、交易を巡らせ、富を得た国のものに相違ないからだ。

「そうだ。やはり貴女は鋭い」

嬉しくなるほどだ。

「それに理由はもう一つある。もし白エルフに勝てたとしても――」

グスタフは、香りのよいイスマイル葉のパイプ煙草を吸い、咥内《こうない》でくゆらせ、吐き出しつつ、弱ったなとも思っている。

ここまで話すつもりはなかったのだ。

側近たちの全てにも、まだ理解の及ばぬ話だと思っている内容だ。

「その次は人間族と戦争になる。銃や大砲。鉄道。電信。鉄の船。一二〇年前のように筒先から弾を込めるマスケットや銃剣ではなく、後装式の施条銃を使う貴女にはそれがわかるはずだ。急速に人間族の技術は発展している。いまに魔術と腕力だけでは補いがつかなくなる。いや、もうそうなっている。彼らとの戦争を避けるには、やはり種族の垣根を越えて国を纏め続けるしかない」

「……オーク王。失礼な言いようだけど、貴方ととても変わっている。話していると、本当にオークとは思えない。まるでエルフか……そう、人間族のような考え方をする」

褒められているのだろうか。

いささか迷うところだったが、しかし、全てを理解してくれたのだと、安堵する。

「王。流石《さすが》の王。脱帽するしかない。つまり貴方は、我らの種族を助け、住む場所と武器まで与えてくれて、近い将来に白エルフどもを討つ機会まで与えてくださる、と」

彼女は立ち上がった。

雄々しくさえ思える起立だった。

種族滅亡の窮地から見えた一筋の光明が、いまは成すべき方針を明確に照らし出し、彼女を奮い立たせていた。

この異種族遭遇が成功したのかどうかがわかり、グスタフもまた立ち上がった。

「その案、乗りましょう。オーク王」

「ならば我らはそれを心から歓迎しよう、ディネルース・アンダリエル」

ふたりは、歴史背景的に無理からぬことながら少しばかりぎこちなく、だがしっかりと握手した。


あれから一ヵ月半が経とうとしている。

秋から冬の境を越え、オルクセン最北端の山脈、あのシルヴァン川の南側にあるツェーンジーク山脈は、既に積雪をたっぷりと被っていた。

平地でも雨や雪まじりの霙《みぞれ》の日が増え、ついには本格的な降雪期を迎え、晴天の日数は減るばかりだ。

外気温は下がり続けている。

その夜は、雪にこそならなかったが、氷のように冷たく激しい雨が降った。

シルヴァン川の川幅はもともと広く、そして大部分が深い。

上流には大瀑布すらあり、剣峻な断崖が両岸に広がり、おまけに橋も殆ど架けられていない大河だ。

この川はエルフたちにとって一種の聖地で、神話伝承により国境だと定められた地。意図的に交通の便を断ち、ここより北方に閉じこもるための天然の要害である。

東方下流域に至ると、砕けた岩石と川砂が積り溜まり、ようやく渡渉できる浅瀬帯が存在する。

エルフィンドを脱出するダークエルフ族最後の一団、約一二〇〇名は同地を越えた。

対岸からほんの僅《わず》かばかり南側に広がる森林地帯のなかで、グスタフ・ファルケンハインは彼女たちを待ちわびていた。

ようやく、という思いがする。

この期間というもの、ダークエルフたちの脱出は困難を極めた。

橋は、使えない。最初から選択肢にならなかった。

エルフィンドの兵が哨所《しょうしょ》を設け、警備を増やしていた。一度のことならばこれを襲い、強硬突破も出来ただろうが、そのような方法を採るには脱出ダークエルフ族の数が多すぎる。また、仮に渡れたところで、そのような場所はエルフィンドのシルヴァン南岸入植地。まさしく「危ない橋」。

また計画初期のころは、ディネルースの氏族間説得がオーク族への不信感と恐怖や侮蔑ゆえに上手くいかず、しかしながら差し迫った眼前の脅威、白エルフによる民族浄化が迫りに迫り、ようやく説諭が成功し、まとまった数が脱出できるようになったころには、この浅瀬帯も使えなくなっていた。

大河唯一に近い渡渉箇所ともなれば、当然ながら白エルフの警戒も及んでいたからだ。ときおりだが、エルフィンド軍の騎兵斥候が出没するようになっていた。

その軍勢も、あちらの町を攻め、こちらの村を焼き、主要な街道を封鎖しはじめるなど、対ダークエルフの包囲環を日に日に狭めていく。

ゆえに、いままでダークエルフ族たちの脱出行は、主に渡渉地より上流を使わざるを得なかった。

冬季の、身も凍るような河川を、それも水嵩を増していくばかりの大河を、僅かな食料だけを携え、労苦の末に断崖を上り下りし、見つからぬよう小集団になって、泳いで渡ったのだ。

不老不死にして、身体的に重大な外傷や疾病を招くか、自ら生きることを辞めない限り強靭な生命体であるダークエルフといえども、これは大変な真似だ。凍傷その他を防ぐため、すぐに治療を受けねばならない。元より、対白エルフとの戦闘で負傷するか、疲労困憊していた者も多い。不幸にも濁流に呑まれ、力尽き、果ててしまった者の数は一名や二名ではなかった。

グスタフは、彼の国の国境警備隊や、国境部にもっとも近いオルクセンの都市、アーンバンドに駐屯する第一七山岳猟兵師団から何両もの野戦炊事車、師団輜重《しちょう》段列の半分と野戦病院の全てを投入して彼女たちを支援したが、こちらの部隊展開もまた慎重に行わざるを得なかった。

大っぴらに軍を投入すれば、エルフィンドとの国境紛争に陥りかねない。

渡河点と対岸の一次集合地点を決め、オルクセン軍に属して魔術を受け持つコボルト兵や、ダークエルフたちのうちから志願者がその場所を知らせるために、傍受されないよう出力をぎりぎりまで弱めた魔術交信を両岸で交わし、最終集合地点をあの山荘周辺として、数十から多くとも一〇〇名ほどの集団となって脱出する——

決行する渡河点を複数にして補ったが、労苦ばかりが重なる事実は変えようがなかった。

この困難な期間、ディネルースはエルフィンド側にあり続けた。

ダークエルフ族内で脱出計画を軌道に乗せるという大変な作業をしてのけつつ、彼女に従う少数精鋭の一隊と、グスタフから支給を受けた銃火器と医薬品とを以《もっ》て、僅かな携行食料と水だけを頼りに、エルフィンド正規軍に対して不正規戦を挑んだ。

本格的な戦闘行為を企図したものではなく、同胞が脱出を行うための時間稼ぎ——攪乱と妨害の徹底である。

必然的に、彼女たちが最後の脱出組になった。

その期間、大河シルヴァンの水嵩は増し続けた。

上流の渡河点はついに使用不能になり、このままでは東部下流域の渡渉地すら危ない。

難戦苦闘を続け既に傷つき体力を失った彼女たちに、泳いで大河を渡れというのは無理無謀というものだ。

グスタフ直属の、オルクセン国軍参謀本部の参謀のひとりがある提案をしたのは、このときだった。

重大な脅威と見られない程度の部隊を、わざとエルフィンド側に見せてはどうか。

国境紛争にまで事態を陥れたくないのは、エルフ側も同様のはず。

後刻オルクセン側に気づかれるのならまだしも、民族浄化行為にふけっているとは悟られたくもないはず。あちらにしてみれば外交上及び国防上の弱点を晒していると取られかねないからだ。

渡渉地は元々軍事上使えないと思っていた場所なのだ、試してみる価値はある——

グスタフはただちにこの案を採用した。

加減が難しかったが、山岳猟兵師団の猟兵連隊各隊から小隊規模の物を組織して、各所に配置、方々に出没させた。オルクセン側が、国境で何かが起こっていると察知しかけ、そのために派遣した隊だと思える規模である。

計画は図にあたった。

渡渉地周辺に出没していたエルフィンド騎兵斥候が引いたのだ。

長くは持たないだろう。

より規模を大きくした、例えば歩兵隊や騎砲隊を伴うような捜索部隊がやってくる可能性がある。

手早く両岸で魔術通信を交わし合い、その夜のうちに、最後の一団は渡渉を決行することになった。

幸い、天の慈悲というべきか、渡河決行の直前に雨足は弱まり始めた。

オークは、種族の興りとしては元々夜行性であったため、夜目が利く。

魔術力のあるグスタフはとくにそうだ。

ダークエルフも同様。

身体的な能力ばかりでなく魔術まで用いて夜目を利かせるとき、彼女たちの瞳は、淡く赤い燐光を帯びる。

その光がちらちらと見えた。

静かに膝まで水に浸かり、だが素早く、落伍者を防ぐために一団となって渡るダークエルフたち。

全員があのダークエルフの民族衣装といえるフード付きコートを着ており、頬には各々の氏族に伝わる紋様で描かれた白顔料の戦化粧を施している。

グスタフは、彼にはたいへん珍しいことだが、背筋に薄ら寒いものを覚えた。

――なんという目をしているのだ。


ケープの内側に籠《こも》った、燐光のためではない。

それは、ダークエルフの生態を事前に知識として得ていれば驚くまでもないことだ。

降雨のなかにも正面を見据え、微動だにせず、眉根一つ動かさず。

兵士の目だ。

実戦経験をいやになるほど積み、敵の死も仲間の死も見届け、生き残った上に闘争心を維持した者たちだけに出来る目だ。

おまけにその集団は、憎悪も携えている。

あの一ヵ月前のディネルース自身すら凌駕する憎悪を。ただただ灼熱に煮えたぎる、白エルフ族への憎悪を。隊伍には、息も絶え絶えの仲間を背負った者もいる。たくさんの護符を紐《ひも》のところで重ねて握りしめている者も多い。死んだ仲間たちから回収したのだろう。

狩りを行う際の、巨狼の瞳がそれに近いかもしれない。

最先頭の者は、渡渉を成し遂げると立ち止まって一団の最後尾が渡り切るまでそれを見守り、文字通り最後のひとりとなって一時集合地点の森へと分け入った。

確かめるまでもなく、ディネルース・アンダリエルであった。

グスタフは自ら彼女に分厚い毛布をかぶせてやった。

最初、ディネルースはグスタフは彼に気づかなかったらしい。

しばしグスタフの巨体を見上げ、茫然自失とも虚脱ともとれる瞳をし、ようやく全てを成し遂げたのだと悟ったようだった。

「……オーク王」

「いいから、喋るな。よくやった、よくやったぞ、ディネルース。よくぞ戻った」

毛布を摩擦し、更には魔術力の波動に療術魔法を滲ませそちらでも彼女を包む。

半ば衝動的に横抱きにし、医療班のもとへと運んでやることにした。師団輜重段列の製パン中隊がパンを焼き、大型野戦炊事馬車が肉入りの塩スープを熱く用意して待ってもいる。

「王。王よ。どれほど脱出できた……？」

腕の中で、ディネルースが尋ねてきた。自らの手勢のことではないのは明らかだった。

「…………約一万二〇〇〇だ」

「…………そうか」

ダークエルフ族は、虐殺が始まる以前、国境部全体で約七万いた。

残りはその殆どが死ぬか、僅かな生き残りは農奴として北部に連れ去られた。

完全に不意を突かれるかたちで虐殺が始まったゆえに、その犠牲の大半が事変の初期に生じていた。

これほどまでの短期間に、これほどの数の者が一気に死に絶えてしまったのは、エルフ族全体が身体を持ちはするものの一種の精神生命体であって、強い絶望感を抱くと生き続けることを維持できなくなるからだった。

不老不死に近い彼女たちはこれを「失輝死」と呼んでいる。命の輝きを失ってしまう死、という意味だ。時期的にはディネルースが最初に川を越えたころだ。

「…………すまん。もっと早く気づいてやれていれば」

グスタフは詫びた。

ディネルースはそっと首を振る。そうして襟元の護符を取り出し、気丈に握り、口調を改め告げた。

「我らに救いの手を差し伸べてくださり、感謝致します。そうでなければ、我らダークエルフは滅んでいたでしょう。お約束通り、私ディネルース・アンダリエルの命は、ただいまこの瞬間から王ただひとりのものと思ってくださって結構です。我が王《マイン・ケーニヒ》」

刹那ほどの間、虚脱に陥るのはグスタフの番だった。

ディネルースの健気《けなげ》さに、静かに牡泣きに泣いた。

白エルフたちを喰らい尽くす狂暴な顎《あぎと》ともいうべき、精強無比な氏族を同胞に出来たことは紛れもない事実だったが、少なくともこの瞬間、そんなことは本当にどうでもよかった。

「ならば汝とその仲間は我が民だ、我が同胞だ、ディネルース。その忠誠に我が全身全霊を以て報いよう」

第二章

豊穣の大地

――翌、星暦八七六年。

春を迎えようとしている。

ベレリアント半島《ペレリア》から南々西へ直線距離にして約二五〇キロ。

オルクセン王国首都、ヴィルトシュヴァイン。

低地オルク語で「猪」を意味するこの都に、ディネルース・アンダリエルは到着していた。

この天体において、人間族や魔種族の多くが寄り集まるように生を営む文化圏のひとつ、星欧大陸《スタリオン》の西部、そのほぼ中央。

森林と河川、湖沼が点在し、なだらかな起伏の平原が広がり、大陸の過半を占める広大で平坦な低湿地帯の東端近くに位置する。

これより東方には世の成り立ちのころに形成された幾筋もの源流谷が走り、その一つを流れてきた河川の一本を南北に挟み込んだ、美しい都だ。

華麗さや豪奢さよりも、質実にして剛健、堅実の趣がある。

在住知的生物の数は、約一〇〇万。

数百年前からオーク族の中心地として形成されはじめた西部の旧市街と、ここ五〇年ほどの間に造り上げられた東部の新市街、そして近年の市民数増加により市域に取り込まれはじめた外周の郊外とに分かれる。

郊外には広大な平野部を利用した農地と農村とがあり、旧市街には木と漆喰、石材を用いた前星紀からの伝統建物の数々が居住街と職工街を造り、新市街には鉄骨と大理石、彫刻による大規模建築が官庁街や商業区を形成していた。

とくに後者には、大廈高楼《たいかこうろう》が並び建つ。

歩車道の別があり、よく整備された広い石畳舗装の道路網と、水運路、そしてオルクセンの各地方へと伸びる鉄道があり、市内へも国内各所へも交通の便は良い。

秋には呆れるほど大きなドングリの実をつける常葉樹マテバシイの街路樹がふんだんに植えられていて、公園、噴水の類も多い。

街のどこもかしこもが、たいへんな繁栄の下にあった。


——信じられない……。

ディネルースは何度思ったことか。

人間族の国々にも、これほどの首府はそうあるものではないだろう。

彼女には大都市に思えていたエルフィンドの首都ティリアンでさえ、ヴィルトシュヴァインと比べればまるで田舎街だ。

これがかつてエルフ族や人間族をして「暗黒の森」と呼ばしめた、あのオーク族の支配領域、その都だとは。

巨狼も、ドワーフも、コボルトも、大鷲も住んでいた。

頭数の七割まではオークが占めていたが、残りの三割は他種族。

彼らが種族の違いを理由として争うこともなかった。

優れた行政統治、公正な税制と平等な教育、統一された言語、国民全てに保証された職業選択の自由、明確に制度化された徴兵制がそれを成しているという。

驚くべきことに、人間族の国々の幾つかの、公使館まであった。

彼らの過半が信じる宗教、この星欧大陸に絶大な影響を持つ聖星教《スタリツク》の教会をも。魔種族とはあまり折り合いのよいものではないから、これは基本的には在留人間族のためのもので、大っぴらな布教活動こそしていなかったが。

オーク王の言葉通り、彼ら人間族とさえ交流しているらしい。

そしてこのような都市は、規模こそ首都のそれに劣るものの、オルクセン各地に存在し、街道や内陸水運、鉄道網で結ばれていた。

現に残存ダークエルフ族は、北部からこの都までただの一度も乗り換えることなく、またさほどの期間を要することもなく、毎日のように何編成も用意された特別仕立ての鉄道でやってくることができた。

――ロザリンド渓谷の会戦から一二〇年。

これが本当に、僅か一二〇年前まで周囲の土地を侵し、暴虐の限りを尽くした、あのオークの国なのか。

だが、たとえどれほど信じられなくとも、ディネルースと、彼女の種族もその繁栄の恩恵を受けようとしていた。

「汝らは我が民だ」

オーク王の言葉に偽りはなかった。

新市街北西外縁、郊外の地ヴァルダーベルクに、新たに形成されることになった一区画を彼の勅命により与えられ、まずは同地に纏まって住まうことになったのだ。

元々はオルクセン陸軍の首都第三演習地と、隣り合わせて王立農事試験場の一つが存在した、ふんだんな森と湖沼、農地転用可能な放牧地に囲まれた場所である。そこへダークエルフ族のために煉瓦と漆喰、木材、鉄骨、石材などを用いた小さな町が、国家予算を財源に慌ただしく建てられつつあった。

脱出行以降、その演習地用兵舎に治療と療養を受けつつ仮住まいしていたが、この用地ごとダークエルフ族に下賜された格好である。

ダークエルフ族はヴァルダーベルクの兵営で一つの纏まった陸軍部隊を新たに編成、これを錬成しつつ、農事試験場と周辺用地の一部を一種の共同農地として与えられ、軍に属さぬ者の経済的な自立も目指す――

軍部隊としての被服や装備、火器、果ては僅かばかりとはいえ当座の生活資金まで援助金のかたちでオルクセン持ち。

軍に入ることになる者の給金も、オルクセン陸軍将兵と全く同じ水準で支給される。

非正規部隊ではなく、正規の国軍部隊なのだ。

既にオルクセン陸軍省は部隊を仮称ダークエルフ旅団として、年度予算とは別にプールされている臨時軍事会計から予算措置も終わっていた。

望外に過ぎる扱いだった。

これもまた驚いたことのひとつだったが、オーク王がそのようなダークエルフ族への処遇を決断すると、まるで抵抗もなく国家及び地方行政や国民はそれを受け入れ、実行した。

この国の誰も彼もが、王に従うことは当然だと思っているのだ。

オルクセンに行政省庁や軍中枢、州自治体はあっても、議会は存在しない。

王への助言や提言はあるが、一度決断が下されれば異論や不平はない。

グスタフには、統治権、兵事大権、外交権、立法権、司法権があり、この国の主要な憲法及び法令は彼が定めたものだ。

全てを王が決する、強力な中央集権。

そこが人間族の国々からみればやや時代遅れな統治体制だが、魔族の国らしいといえばらしいところだった。

ただし、それは恐怖政治などではない——

これを証明し、ディネルース自身が実感する出来事も既に幾つか経験していた。

三月上旬のとある土曜日、この日の朝もまたそうした経験を重ねた日となった。


「さあ着いた、ここだ」

ヴィルトシュヴァイン中央区、森林公園。地の言葉ではヴァルトガルテン《ガーデン》。

王都最古にして最大の公園を、オーク王グスタフ・ファルケンハインは馬車や馬ではなく、徒歩で訪れていた。

オルクセン陸軍将官の常装軍服である、黒色を基調に赤い縁取り《パイピング》を配した六つボタン二つ列の立襟ダブルブレスト上衣、同じ配色で太い側線が二本、細線が一本入ったズボン。

樹々に芽吹きを見出すこともできる三月とはいえ、この地方にとっては未だ扱いのうえでは冬季だ。

肩章付きの軍外套を羽織っている。外套の一番上のボタンは閉められておらず、幅広の襟の赤地をより見せて、少しばかり洒落者の気配。

腰にはサーベルと短銃。

目深に被っているのは、式典などに用いる制帽である軍用兜《ピッケルハウベ》ではなく、略帽扱いの鍔《つば》付きオルクセン式軍帽。

つまり、軍の将官たちと何ら変わることのない姿だ。

違いがあるとすれば、肩の階級章が国王を示す大元帥のものであり、ズボンの側線の太さも同様であること。それのみだった。

狩猟服などと比べれば遥かに公的なものに近かったが、彼の地位権力を思うなら殊更《ことさら》着飾った姿というわけでもない。

豪奢な宝石をはめ込んだ指輪であるとか、無垢の金銀を用いた特別仕立てのカフスであるといったものは、まるで身につけていなかった。

強いて装飾品に近い存在を挙げるとすれば、軍服のポケットに鎖で吊って収めた、オーク族向けに大振りなつくりの懐中時計くらいのものか。それとて言ってみれば実用品だ。

ただし、あの巨狼アドヴィンを連れている。

この肩高一メートルを超える巨大な灰色狼は、過去に一体何があったのかグスタフを主君とも主とも慕っており、王が何処へ赴くにも彼のほうからついていく、一種の警護役だった。

実のところ、ディネルースはこの巨狼族が苦手だ。

神話伝承上も歴史上もエルフ族をときおり襲ってきた魔種族であって、密かな恐怖の対象であり、ベレリアント半島からの駆逐にはダークエルフ族や彼女自身も一役買っていて、じっとその巨大な瞳で見つめられると強烈な後ろめたさもあった。

だが、言ってみればこの巨狼は彼女の命の恩人でもあり、努力して少しずつ心理的距離をつめようとしている――そんなところである。

「この公園だ」

「……ここですか？」

ディネルースは臣下の言葉遣いで尋ねた。

彼女もまた、オルクセン陸軍の軍服姿だ。

ただしダークエルフの部隊が新たに編成されるにあたって採用された、隊独自の意匠のもの。

彼女の率いる隊は、馬術巧みな種族の特性を活かして騎兵を中心に編成されることになっていたから、オルクセン式の騎兵将校仕立てだ。

全身黒を基調に、銀絨《ぎんじゅう》の飾り紐と縁取りを施された肋骨服。背のほうにも同じ配色で飾り縫いの細線が入っている。

騎乗用に裾を絞って股には余裕を持たせた、軍用ズボン。これにも階級に応じて太さや本数の異なる銀色の側線がつく。

膝丈まである拍車付き騎兵ブーツ。

腰には白銀仕上げの鞘に収まったサーベルと、革製拳銃嚢入り回転式軍用拳銃。

かなり流麗なデザインであって、最も洒落て見えたのは軍帽だ。黒毛皮に、オルクセン国軍を示す白地に二重の黒丸の円形章《コカルデ》が正面上方にあり、白銀樹の葉を模した隊独自の部隊章が左側面に付く、北方式の熊毛帽だった。エルフ族特有の突長耳に負担がかからない点も気に入っている。

外套は腰丈で、袖のないケープ様。フードがあり、こちらにはダークエルフの民族衣装の要素を取り入れてある。

「ああ。ほら、聞こえてきたぞ」

まだ朝の九時だというのに、明るい喧噪。楽しげな音楽。

正体はすぐに見えてきた。

たくさんの、ほんとうにたくさんの露店や屋台の類が集っていた。

野菜のそれもあれば、腸詰《ヴルスト》を焼いているもの、季節の花を売るもの、果物を扱う店、肉屋、魚屋、雑貨屋、玩具屋、骨董屋……

肉屋と一口に言っても、家禽を扱う店、豚肉を専門にした店、牛肉を自慢にした店と、様々だ。

売り子の声がかしましく、周辺住民を中心とした客たちのざわめきが彩りを添える。

オークの親子連れもいれば、コボルトの店主、ドワーフの行商がいて……

人間族の客までいた。

周囲の官庁街に点在している何処かの国の公使館からか商館からか、いずれにしてもその人間族はこの国にやってきて日が浅いのか、あちらの魔種族やこちらの魔種族たちを目にしては、信じられないものを見るような顔をしていた。ディネルースには、その気持ちがよく理解できてしまう。彼女もまた同様だったからだ。

朝市《マルクト》だ。蚤《のみ》の市ともいう。

「毎週土曜の朝は、市内各所の公園で開かれる。ヴァルダーベルクの近くでもやっているだろう？

私の官邸からはここがいちばん近くてね。よく来るんだ」

「なるほど……」

信じられないことだが、これほどの繁華を誇りながら土曜の朝市は全くの庶民向けで、卸や仲買の集う常設市場は別に存在するというのだから恐れ入る。そちらは首都中心部にあり、街区一つ埋め尽くすほどの規模だそうだ。

オルクセンは豊穣の国だ。

改めて圧倒されてしまう。

どこかの国の実情を知りたければ、その国で発行されている新聞の三面記事に目を通すか、大衆小説を読むか、市場へ行けなどと俗に言うが、なるほど、納得の光景ではある。

――それにしても。

などと思わないでもない。

王が市井を見分することは何処の国でもあり得るし、確かにヴァルトガーデンは道路一本を挟んで国王官邸裏側に隣合わせているが、なにも徒歩で、警護には巨狼一頭を伴っただけでやってこなくても良いではないか。

新参種族としてどうしても必要な行政書類の決裁を受けに官邸を訪れたところ、おお、いいところに来た、ちょっと付き合えときたものだ。

我が王は、腰が軽すぎる――

「王だ！　我ら《マイン・ケーニヒ》が王だ！」

いちばん近くにあった果物商で苺を品定めしていたコボルトの一頭がグスタフに気づき、可愛らしい声を上げた。

小さな小さな、オークやダークエルフ族と比べれば本当に小さな、いやドワーフたちから見ても小さく思えるであろう、コーギー種。

体格こそ小柄だが、直立歩行して、彼ら種族の特徴である肉球のたっぷりとした華奢な手で、器用に試食用の苺を掴んでいた。農村の民族衣装風の上下を着ていたから余計に愛らしい。

すぐに気づかれたのは、無理からぬところ。

グスタフ自身はその強大な魔力を体内におさめきって目立たぬようにしていたが、彼の体格はオーク族のなかでも背丈身幅のあるほうだったし、巨狼と、それにまだこの国ではまったく珍しい存在であるダークエルフ族のディネルースまで連れていたのでは、まるで効果がなかった。

「我が王！」

「我が王！　我が王！」

「我が王！　万歳‼」

歓呼の声はたちまち環になって広がった。

「うん、よしよし」

グスタフはちょっと照れの色に黒い瞳を揺らせて、さっと片手を軽く挙げて歓声を受けると、まずはコボルトのいた果物屋を覗き込む。

大きく赤く、朝露のしたたりも艶《つや》やかな、ベルモア種の春苺を商う屋台だ。

ねっとりと甘い、それでいて清涼極まる、薔薇の花弁にも似た匂いがして、オーク族ほど嗅覚が鋭いわけではないディネルースでさえ、思わず顔が綻ぶ。

「おやじさん、邪魔するよ。苺か、美味そうだな」

「はい、我が王。ぜひおひとつ」

オークの店主が味見を進めてくる。

「おう、甘いなぁ。ひとつ朝食用に幾らか包んでもらおうか」

「はっ、光栄です」

驚くべきことにグスタフは、外套のポケットから硬貨を取り出して、しっかりと代金を支払った。

いえいえ陛下献上致しますであるとか、よいよい受け取れなどといったお定まりのやり取りは、まるで無かった。市民たちのほうでも、王の性格やお忍びには完全に慣れっこになっているらしいのだ。

それから、あちらの八百屋、こちらのヴルスト焼き、向こうの雑貨屋という具合で。

僅か三〇分ほどの微行のあいだに、あっという間にグスタフの両手は紙袋でいっぱいになった。持ちます陛下と気遣うディネルースに、構わん構わん君も欲しいものがあったら買え、つまらん真似はするなとグスタフは応じた。

そうして、

「さて、帰るか。コックにこの苺を朝食に使ってもらうから、君も食べていけ。ベリーは、君たちの好物だろう？」

相伴に誘い、ごつい眉で器用に片目を瞑《つむ》ってみせた。

——このお方は、信じられないほど優しい王なのだ。

しかも権力者にありがちな過剰な飾り気が、まるでない。

例えば彼がその日常のほぼ全てを過ごすことの多い、この国王官邸という存在もそうだ。人間族たちの国でいうところの首相や大統領ならともかく、国王の官邸《カンツライ》とは何ぞや。王宮《パレース》ではないのか。

国王官邸は、新市街構築にあたって造られたかなり新しいもので、鉄骨大理石造り。彫刻飾りが施され、大通りに面した正面部分には地裂海式の大円柱列と大階段のある、荘厳かつ巨大な代物だ。

しかしその内部は実務的なものばかりで構成されていて、装飾品や調度品の類は落ち着いたものが多く、そして王の居住部は建築面積のうちで言えばほんの僅かでしかない。

市中心部の川沿いには、彼がかつて住まい政事の中心の場にしていたという王宮もあったが、それはかなり古い時代の城塞で、やはり豪奢さや装飾美からは程遠いものであって、おまけに今では王の寓居としては完全に引き払われ、首都ヴィルトシュヴァイン警察の庁舎になっている。

グスタフの私生活は、このオルクセンの国力を思うならかなり質素なのだ。

臣下や国民を、傲慢を以て従わせたりもしない。

国王官邸の執務室一隅、相伴に与《あず》かった朝食の丸テーブルで席を向かい合わせながら、ディネルースはその思いを新たにしていた。

「我が王。グスタフ。貴方、いつもああなのか?」

「うん?　ああ。そうだよ。楽でいいだろう?」

「……たしかに」

ディネルースは、くすくすと噴き出してしまう。

考えてみれば、もし事情を知らぬ他者が耳にすれば、主従関係上の礼式をまるで気にしていないように聞こえるだろうこの会話もそうだ。

グスタフは、式典や儀礼といった公的な場や外出先でもない限り、側近たちには敬語を使わせなかった。

この都へやってきた直後のディネルースにも同様に命じており、彼女はあの男性的とも野性的ともいえる地の言葉遣いを、最初は彼の流儀に戸惑いながらも、いまではすっかり慣れて用いていた。

ちかごろでは、初対面のときにはあれほど禍々《まがまが》しく思えたグスタフの容貌も、彼のそのような性格そのものに思える。

とくに、黒い瞳の具合が良かった。

荒々しい彫刻のような眉根の下にあるそれは、よくよく観察してみれば丸くつぶらで、若々しく、まるで無邪気な子供のようだ。

なかでも、たった今しがたの朝市のようなときは。

しかしながら、かと言って、グスタフは優柔不断であったり、政才や軍才が無いというわけではない。

むしろ即断即決、政治にも軍事にも比類なきほど強い。

この年の初頭、昨年の脱出行の傷や疲れの癒えたディネルースとダークエルフ族に対し、騎兵を中心とした部隊編成を命じたときも例外ではなかった。

「……騎兵」

確かにダークエルフには騎乗の得意な者が多いが、ディネルースたちは戸惑ったものだ。

騎兵部隊の編制には、歩兵部隊のそれに比べてたいへんな予算がかかる。大規模な新規編成ともなれば、それだけこの国の国防費を圧迫してしまうだろう。心苦しかった。

ダークエルフは天性の魔術力や体力に加えて、狩猟と放牧の生活で鍛えられた射撃や山岳行動もまた得意であったから、山岳兵――オルクセンの軍制でいえば山岳猟兵と呼ばれている兵種を成してもいいのではないか。そう思えた。エルフィンドにおいては、そういった役割を負っていたのだ。

あの困難な渡河経験も影響していた。

軽装なら渡河はしやすい。

将来の対エルフィンド戦には、歩兵の中では軽装備の種類で、機動力のある猟兵を受け持つほうが役に立てるのではないか。

猟兵の機動力は、大きな装備を持たずに動き回る点に支えられているから継戦能力には乏しいが、元より質素な食生活をたしなんできた種族だ。立派に、獰猛に戦ってみせるという自負もあった。

「そいつは有難いが……我がオルクセン軍の最大の弱点は、騎兵科の不如意だからね」

グスタフは、困惑する彼女たちへ流れるように説明した。

理由を聞けば、至極自明のものだった。

「オークは乗馬に不向きだ」

なるほど、まったくその通りだ。

オーク族は巨体、大重量。その体重は、おおむね二五〇キログラム。小柄な者でも一五〇キロを超え、グスタフのように体格の大きな者では三〇〇キロ近い。

並の馬なら、騎乗を試みるだけで潰れてしまう。

だからオークたちは、他種族や他国なら重馬車や重砲の牽引に用いている大型馬――輓用馬《ばんようば》を使用せざるを得ない。

輓用馬は、耐荷重の点でこそオルクセン軍の要求を満たしてくれるが、大型馬であるがゆえに機動力には乏しい。重量挙げの選手に、どかどかと短距離走や長距離走をさせるような具合になってしまう。

つまり、騎兵の要である迅速な斥候や追撃運動などには、まるで使えないとまでは言わないものの、使いづらくて仕方ない、極めて愚鈍な騎兵連隊などという頓珍漢な代物が出来上がってしまうのだ。

現在のオルクセン軍騎兵科部隊は、そんな塩梅だった。

では、騎兵など使わなければいいと思えるかもしれないが。

近代軍制における三兵戦術《タクティック・デア・ドライ・ヴァッフェン》というものには、それもまた不都合である。

三兵戦術は、歩兵には騎兵の機動力をぶつけ、騎兵には砲兵の火力で叩くといった具合の、敵にしてみれば相手にしたくない兵科を縦横に使って勝つ戦術だ。

自軍に騎兵がまるでいなければ、敵だけが騎兵を用いれば、戦闘は最初から不利になってしまう。

だからオルクセン陸軍は、欠陥を承知でオークの騎兵部隊を持っている。だがこれでは、このままでは駄目だ――

「つまり、この私たちに本物の騎兵を作ってほしい、と。これは貴方、弱り切って懇願しているわけだな？」

「そのとおり」

冗談めかして全てを理解したことを知らせたディネルースに、グスタフは破顔、大爆笑して同意したものだ。

ただし。

彼はひとしきり笑ったそのあとで、表情を改め、更に説明を付け加えた。

「ただ、この部隊は騎兵だけにはしない」

新たに編制する部隊は、騎兵を中心にしつつも、それそのものが諸々の兵科部隊を含んだ、一個の独立集団として作り上げる――

「三個連隊編成の騎兵を中心に、山岳猟兵連隊一個、それに山砲大隊と工兵中隊、加えてこれを支えられるだけの輜重段列や野戦病院を以て編制する。戦時完全充足だと、おおよそ八〇〇〇強の集団になるだろう」

何故か。

機動力のある騎兵部隊を作るとなると、それは必然的に重騎兵である胸甲騎兵や槍騎兵ではなく、騎兵銃とサーベルを主とした武器に用いる軽騎兵――驃騎兵《フザール》連隊ということになる。それは構わない。ダークエルフ族の特性とも一致する。

問題はこれを仮に騎兵斥候として用いた場合で（部隊種としてもこれが大きな目的になる）、そのとき必要になるのは、たとえ後追いでも大きな間をおかずに追従出来る歩兵と砲兵だ。

騎兵だけでは到達箇所周辺を維持しきれないからだ。必ずしも斥候が敵地の占領までやる必要はなく、むしろ柔軟に引けばいいのだが、どうあっても進出先を維持して野戦陣地を構築するといった場面もまた生じてくる。

これに対し相手が大規模に歩兵を使って反撃してくれれば、騎兵の射撃や突撃だけでは支えきれない。そもそも騎兵に短絡的な突撃をさせるのは論外で、この騎兵科最強の攻撃手段は同時に諸刃の剣であり、実施すれば最後、たとえ勝てたとしても自らもまた深く傷を負い、部隊再編を要することになってしまう。

また騎兵の携える騎銃は、取り回しをよくするために歩兵用のそれと比べると短銃身に出来ていて、射程上の対抗は最初から不利だ。

砲兵を出してこられればこちらも砲兵で対抗するといった場面も想定される。

工兵まで必要なのは、戦場とは平坦容易な地だけが対象になるのではないから。架橋作業や、野戦陣地の構築などに使う。

では、オーク族のそういった部隊を追従させれば良いではないかと思えるかもしれないが――

オークが重量馬を用いているのは、騎兵だけではない。

歩兵科や砲兵科、工兵隊や輜重隊も、軍馬は使う。むしろ兵科集団としては頭数の少ない騎兵より、総じてみればよほどたくさんの馬を使っている。それらの部隊はそれらの部隊なりに、騎乗する将校もいれば、馬匹牽引を要する火砲や軍用馬車の類があるからだ。

その軍馬の全てが体格の大きなペルシュロン種などの輓用馬であって、必定、オルクセン陸軍の全部隊は他国と比べて機動性において劣る。

付け加えると、ではドワーフやコボルトといった小柄な種族に、騎兵や軍馬を用いる隊を作らせればいいのではないかという選択肢もまた、論外だった。

確かに頭数計算上は可能で、彼らのなかにも軍に入って国に従事している者もオルクセン陸軍には少なくない数がいたし、彼らの得意なことを為《な》していたが、実際問題とすると、今度は彼ら種族の体格が騎乗には小柄に過ぎる。乗用馬種を用いてさえ、鐙《あぶみ》に足すら届かない。

だから、全てをこれから新規に編成するダークエルフの部隊は、どのような局面にも自ら対応できる能力——自己完結性を備えなければならないのだ。

全将兵を騎兵として編成し、オークの各師団に散らすという選択肢もあったが、そうするにはダークエルフ族の頭数が少なすぎた。おまけに牡オークの群れのなかに彼女たちを放り込むのは、軍としてはいささか懸念すべき真似でもある。よくないことが起きる可能性が高い。

「機動力のある、規模を少し小さくした師団のようなものだと思って欲しい。旅団戦闘団《ブリガード・カンプグルッペ》。そんな風に呼ばれるものを、君たちには作ってもらいたいのだ」

「…………素晴らしい」

ディネルースは感嘆した。

そしてこのグスタフの提示した案を、己が命と種族の命を救い出してくれた相手にはある意味失礼な考えようにもなったが、たいへん気に入った。

おおいに気に入ったのだ。

総兵力八〇〇〇なら、約一万二〇〇〇名が生き残ったダークエルフたちで編成できる。

余る四〇〇〇は、後方にあって補充要員となる予備。

またあるいは、いかなるダークエルフといえども皆が皆ひとり残らず軍隊に向いている存在ではないから、種族の町を支える市民になってもらう――

「やりましょう」

ディネルースは、種族代表にしてその新編部隊の指揮官、部隊規模から勘案してオルクセン陸軍少将に抜擢ということになった。

隊の幹部将校となる者たちの推挙については、彼女とその周囲に一任。

編成完結の暁には、この旅団は完全な決戦兵力といえたから、平時においても戦時においても、グスタフ直轄とする。

平時における日常的には、彼の警護に用いる。

つまり、ディネルースは王の側近、その仲間入りをも果たした。

部隊編制をどうするかは、グスタフ自身が考えたものだったという。

つまり、グスタフ・ファルケンハインには、たいへんな軍才があった。

もちろん、彼を補佐する陸軍省や国軍参謀本部の存在もあったが、中央官衙《かんが》が考えた懸案や提言を最終的に吟味して決断、採用するのはグスタフだ。

そもそも、能力や、これに伴う実力がなければダークエルフたちを脱出させえなかった（彼自身は、誰にも告げないまま、なかでもディネルースには決して二度と内心を漏らさず、もっと救えたのではないかと心の奥底で悔やみ続けていたが）。

政治的才能については——

おおよそ一二〇年をかけて纏め上げたこの国そのもの、種族を超えた融合や、なかでも首都ヴィルトシュヴァインの繁栄を見てみれば直ぐに理解できることだった。

民事においては、とくに産業殖産について造詣が深いらしい。

農業を改革し、工業を興して鉄と鋼を作らせ、国内のみならず諸外国とも交易を結び、この国を富ませてきた。

一〇〇年前、彼が国家構造の改革に手をつけたとき、当初、周囲の者は誰もこれを理解しきれなかったという。

だがのちに農事試験場と呼ばれることになる圃場《ほじょう》をまず幾つか作ってこれを使い、実践してみせ、農業書を著し、全国どこにでも赴いて新たな農法や灌漑《かんがい》、土地改良を指導した。

ドワーフたちには、鉱業採掘と鉄鋼業を中心に工業を興させた。

ディネルースはついさきごろ、彼女の部隊に支給されることになったオルクセン陸軍最新制式の、後装式五七ミリ山砲や七五ミリ野砲山砲兼用砲を見せられて、驚いたものだ。

砲身はおろか、砲架に至るまで鋼鉄製だったのだ。

それも、並の鋼鉄ではない。

長年の努力の結果、ドワーフたちの技術研究が大規模鋳造に成功した、モリム鋼《ミスリン》を素材にしている。ダークエルフ族なら、成年の祝いに贈られ、非常に高価で貴重なものとして生涯大切に扱う、民族特有の山刀に使っている代物。

一種の低合金鋼で、非常に優れた強度重量比をし、通常の鋼よりずっと強度と硬度があり、寒さにも強い。

エルフィンドや多くの人間族の国では、まだ並の鋼鉄製や鉄製、あるいは一部では青銅製の砲すら用いている。どちらに高耐久性があり、どちらの射程が長く、射撃精度が高いかは明白だ。

兵器に用いられる技術や生産能力は、それを生み出した国家の産業力を端的に示すものでもある。

星暦八七六年現在、オルクセンの年間銑鉄生産量は一二〇万トン。鋼鉄は九〇万トンに達していた。

モリム鋼こそ鋳造技法は軍以外には機密扱いにされていたが、民間重工業もまたふんだんに鋳鉄や鋳鋼を生産し、これを用いて他の産業が国内の鉄道網や建築物、船舶を造り出している。

性能のよい鉄道や船舶は、人馬によるものからは想像もできなかったほどの大量の物資輸送を担い、また国を富ませる――

ただしこういった農業や産業の革命改革は、ほぼ同時期、人間族の国々でも似たようなレベルで起こっていた。各国が相互に影響しあっての結果だとも言える。

グスタフの政策にそれらとまるで異なる点があるとすれば、彼は積極的に自ら魔種族たちの持つ長所――魔術の併用にも踏み切ったことだ。

例えば、だが。

ディネルースも被る高級将校の熊毛帽や制帽、略帽、防暑帽などには、その内側に冷却素子《エーテル・ペルチエ》と送風《エアリル》の刻印式複合魔術を施した、薄い金属板が張り付けてあった。

夏季、周辺温度が上昇するとこの魔術式はそれを感知し、自動的に帽内を冷却して、着用者の行動を信じられないほど楽にする。

この魔術式の素晴らしいところは、術式の設定具合にもよるが、夜間になって気温が下がったりすれば、逆効果とならぬよう、やはり自動的に止まってしまうところだ。

これの大規模で高性能なものは、食糧貯蔵施設や鉄道の貨車、船舶の客室や貨物庫、機関部などにも用いられている。

効果は、想像を絶するまでに高い。

食料保存技術は飛躍し、物資の輸送量は増して、居住空間は快適極まりないものになる。

グスタフの全ての改革に効果が表れ、更には合致して相乗効果さえ発揮しはじめたこの二〇年ほどになってからというもの、大陸内陸部である首都ヴィルトシュヴァインでも、北海の海産物が新鮮なまま不自由なく、それも市井社会レベルで食卓に上るほどなのだ。

これればかりは、人間族には完全に模倣不可能な技術革新だった。刻印式魔術は、製作者に魔術力がないと作り出すことすら出来ないからである。

似たような例は他にもあった。

オルクセンには鉄道網と併設されるかたちで人間族式の通信技術——電信があったが、軍の各部隊には魔術力を持つ者を選抜して、魔術通信《エニグマティツク・コミユニケーシヨン》や魔術医療《マジカル・メデイスン》を用いる兵が配されていた。

軍の魔術通信網は、大隊以上に最低でも一系統というところまで構築されていて、上部部隊との間で即時交信が可能だ。

効果はやはり絶大。

伝令を使うか電信を用いるかしか作戦指揮が行えない軍隊と、野戦行動中にすら大隊規模にまで即時連絡ができる軍隊とでは、まるで戦闘力が異なってしまう。

オークを主体にした軍の、低機動性を補うために採用されたのだという。

魔術通信は民事にも用いられていた。オルクセン逓信省は郵便と電信に加えて魔術通信も取り扱っていたし、民間企業や国民がこれを用い、商取引などを迅速なものにしていたところもあった。

これらを成し遂げた指導力。

粘り強さ。

——この方の才はまるで異質。

何か、我らとはまるで違う、別の世界を見てきたかのような深慮遠謀がある。

ディネルースは、畏怖にも似た感嘆を禁じ得なかった。


絶品のデザートであった苺のクレープ包み焼きを摂《と》ったあと、給仕が好みに合わせて用意してくれた、芳醇な香りを漂わせる濃いブラックコーヒーを飲みながら、彼女は新たに頂くことになった主君についてそっと考え続けている。

むろんこの聡明にして偉大な王グスタフもまた一個の生物である以上、いくつかの性格的欠陥も持ち合わせていた。

むしろ、挙げだせば意外とその数は多い。

――まず、あの腰の軽さ。

国民に慕われる要因や、ダークエルフ脱出行のような大事を成功させるものにもなっているが、下手をすると周辺に諮《はか》りきらずに微行でどこにでも赴いてしまうため、王としてはどうなのかと思われる場面も日常的にはあった。

――饒舌癖《じようぜつ》。

あふれる智謀ゆえか、いちど興が乗ると発言が長い。またその発言が遮られるのを嫌う。彼がオーク族の者には珍しい低音質の声をしていなければ、長年オーク族と敵対してきたディネルースなどは、嫌悪すら催してしまったかもしれない。

――どれほど諫《いさ》めても、食事中に新聞や雑誌を読むこと。

王として市井社会の動きを知ることもまた重要であったし、この国の金属活版技術や印刷技術は極めて高く、出版物は読みやすかったから気持ちもわかるが、そういったときのグスタフはうわの空になる。マナーとしてもよくないだろう。

グスタフは勉強家ともいえたが、それを越えて一種の活字中毒者であるようだった。

彼が日常を過ごす国王官邸には、これればかりは珍しく彼自身が猛烈に設置を熱望したという、たいへんな数の蔵書を誇る彼専用の巨大な図書室があった。

読むものは何でもいいようで、眠気すら誘う哲学書もあれば、いちどなど子供向けの絵本を読んでいるところを見たこともある。また各国の言語に通じていて、隣国グロワールの兵術書も読めば、エルフィンドの神話伝承の類をまとめたものを手に取っていることもあった。

乱読といえて、あちらを読み、こちらを眺めといった具合であるうえに、それらを棚に戻す癖がなく、放っておくと執務机まで本の山になる。側近たちが諫めると、まだ読みかけだと怒られるのだから始末に負えない。

かと思うと、突如として微に入り細に入った蔵書分類をはじめ、丁寧に整理整頓も行ったりするから、おそらく気分屋の性質まで備えていた。

——恥ずかしがり屋で、照れ屋でもある。

美点でもあったが、式典の類で演説することは苦手に感じているようだったし、さきほどの微行のような場合、市民の歓呼に囲まれたあと、ひとりになってからそっと懊悩している気配もあった。やはり王としてはもう少し威厳を持って欲しい。

——大食漢にして、美食家。

これはオーク族全体が持ち合わせている悪癖でもあったが、ディネルースなど他種族からすれば信じられないほどの量を食べる。

パンは崩れ落ちそうなほどテーブルで山を成し、スープ皿はまるで盥《たらい》のようなサイズで、他種族の倍量は用意されるメインは更にお替りしかねない勢い。

彼自身としては甘味を好む点も、度が過ぎているように思えた。

日常におけるデザートは三食必ず所望され、さらに午睡のあとでおやつを摂る。いまもまるでジョッキのようなカップに淹れられたコーヒーに、たっぷりと砂糖とクリームを放り込んでいた。いかなオークといえども、そのうち体を壊すのではないかと思われるほどだった。

コーヒーを愛する習慣そのものが過剰なほどで、豆の煎り方や、星欧各国の淹れ方などにも一家言お持ちである。

「私は中煎りが好みだ」

「クリームは良い物を選べ」

「隣国から伝わったマザグランという贅沢な淹れ方があって、な。流石は南の流儀だ。夏には、ちょっと目を見開くような清涼感があるよ」

そんな調子だ。

――またたいへん意外であったのは、彼はちょっとした偏食家でもあったことだ。

オーク族は種族の特性の一つとして実によく鼻が利くが、彼はなかでもそうらしく、セロリであるとか、キュウリだとか、スイカの皮に近い部分など、独特の香気のある食べ物の一部は苦手としているらしい。ただし、生産農家などを慮ってか、それを口に出すことは滅多にない。

――喫煙癖もあった。

ときおり葉巻《シガリロ》の細いものを愛飲するディネルースなどから見ても過剰なほどで、食前や食後、あるいは執務中や読書をしているときなど、ふと気づけばいつもパイプを吸ってばかりいる。

パイプは元々排煙量の多い喫煙具である上に、彼の愛用パイプはオークの体躯に合わせた、たいへん作りの大きなものだったから、グスタフのいる場所はまるで火事でも起きているのかと思いたくなるほど。

ただディネルースにとって、彼がその太くごつい指で火皿にパイプ葉を意外なほど器用に詰める様子を見るのは、何とも言えぬおかしみを感じ、ちょっとした密かな楽しみでもある。

そのように紫煙を漂わせながら――

彼の政務は、食事や午睡、休憩の時間を挟みつつ、しばしば微に入り細を穿《うが》ちすぎることがあった。勤勉であることは良いことだが、活字中毒癖と相まって一度目にした公文書の内容を実によく記憶し、勉強家でもあるため、矛盾点や錯誤を指摘される官僚たちは非常に多い。法令類も同様に覚え込んでいるため、彼に何か稟議を求めることはたいへん緊張することだった。

――まあ、この辺りはそれでもまだ良いでしょう。

グスタフはその立場からいって、その気になれば酒池肉林に美食佳酒の贅を凝らすことも、暴虐無人なふるまいで民を従わせることも出来る。

そうでなく善政に努め、王としては極めて質素に暮らしているというのならば、彼のこれらの欠点は、言ってみれば些細些末な問題に過ぎない。

短所でありながら長所である箇所もたくさんあって、臣下としては目を瞑り、むしろ補っていかねばと思えるものばかり。

彼の最大の欠点は、そんなところではなかった。

――周囲の臣下や側近たちがどれほど勧め、諫《いさ》め、宥《なだ》めても、妃や愛妾の類を持とうとしないのだ。

もうずっと昔からそうだったといい、現在のところ未婚。婚姻はおろか、浮名ひとつ流したことがない。

彼は星暦八七六年現在約一五〇歳で、長命長寿のオークとしてもとっくに成年を迎えている。グスタフを人間族に例えてみれば、二〇代後半あたりの働き盛りといったところか。

他者に理由を尋ねられれば、

「我がオルクセンの王は人間族と違って血統で決まるのではない。魔術力や能力の高さで周囲から選ばれて決まるのだ。歴代諸王も、私自身も同様だったではないか」

そのように答えているらしい。

これもまた道理ではあったが――どこか屁理屈のようにも思えた。

魔種族の王から魔術力の高い子が産まれることは、やはり血統上の結果として歴史上実際にあることだったし、彼自身としても家庭を持つことはその生を豊かにするだろう。

そもそも魔種族は、総じて不老長寿、魔術治療や魔術薬で補いきれないほどの肉体的によほど大きな外傷か疾病でもなければ不死にさえ近いせいか、出生率が非常に低い。

全てが女性ばかりのエルフ族など、いったいどうやってこの世に産まれ出でたのか本人たちすら覚えていないほど。彼女たちは故郷で聖地とされている幾つかの場所で、ある日とつぜん、赤子の姿で見つかるという、特殊な産まれ方をする。

オーク族の数が多いのは、彼らの身体が他の魔種族と比べてさえ最も頑強で、生存率が高いためにそうなったのであり、多産である結果ではなかった。一〇年に一度ほどの割で何処かの家庭が子供を授かれば、もうお祭り騒ぎである。

その点を思うと、婚姻が遅すぎるということはあっても、早すぎて悪いということはないだろう。

もしや同性愛者なのかと疑ったこともあったが、むしろそういった嗜好は彼としては完全に食指の対象外らしい。

「私にその趣味はない。他の誰かがそういった嗜好を持つことはその者の自由であり権利で、何とも思わないが」

かつてそのように述べたことがあったという。

信仰を持たない大半の魔種族には、聖星教の教義のように宗教的な道徳観念上の抵抗感がないため、そういった嗜好を抱く者は大っぴらに存在したし、社会にもこれを受け入れる土壌があるが、彼自身の嗜好は違うのだ。

異種族にも興味は無いようだ。

例えばディネルースは、何も差し出すものを持たない絶滅寸前の種族から、彼女自身が唯一つ成せる礼として、彼に命を捧げると誓ったことがあったが、これには私の体が欲しいのなら好きにしてもらって構わない、という意味も含まれていた。過去の戦役において、オーク族がエルフ族に対しそういった真似をしたことがあると、見聞きしたことが嫌になるほどあったからだ。

ところが実際には忠誠心を受け入れられるのみで、指一本手をつけられていない。それどころか、臣下のひとりとしてたいへん大事にしてもらっている。

異質だ。

異質極まった。

ディネルースがグスタフに対してときおり抱く違和感の根幹部分は、彼がオークとしてはまるで異常だという、その一点にある。

オーク族の性質に合致するのは、平素の食事量くらいだ。

情愛や性欲を満たす相手を持とうともしないし、この国では官庁までもが静かになる午睡の時間に、彼が本当に眠りこけているところを見たことのある側近や侍従はいない。たいてい、本を読んでいる。

グスタフの施策の数々によってかなり改善されたとはいえ、オークとは根本においてそのような種族ではない。

欲望に忠実であって、なかでも食欲や、睡眠欲や、性欲に貪欲である。そういったものに接し、これを欲したとき、際限がなくなる種族だ。

例えば、いまでは国法によって禁じられている同種及び異種族食。

これはオーク族最大にして最悪の特徴で、他の魔種族からみれば恐怖の対象でしかなかった。

人間族などからすれば意外だろうが、本来魔種族とは、どの種も長命長寿かつ不老であるがゆえに争いを好まない。命の重みが人間族とは異なり、死を畏れる深さが底知れないからだ。

オーク族の食糧摂取量と、飢饉などによる飢えからそれを引き起こしてきたという歴史的事実はあったが、他種族は飢えたからといって同族や他種族を食べたりはしない。

強いていえば巨狼族がそれに近いが、彼らは同族をその顎にかけたことはない。むしろ同族が斃れれば埋葬する習慣まで持っている。

そのような魔種族にあって他種族を喰ってしまえるというのは、オークがそれほど欲望に忠実で、また自制を以てしては抗いきれない存在であることの、ひとつの証左である。

禁忌を守るため、代用効果のあるものが取り入れられてはいる。

グスタフはオークたちに対して、国を挙げるほどの姿勢で豚肉食を奨励していた。

豚は雑穀でも飼育でき、多産であって家畜としての畜産効率がよく、ソーセージ《ヴルスト》やハム、ベーコン、サラミといった加工食品に出来て保存効果も高く、かつ美味だ。だがそれだけが理由ではなく、現代のオークにとって最大の禁忌である同族食への代替品なのである。

しかし——

彼の場合、性欲や睡眠欲はどうやって抑えているというのだろうか？

容貌容姿はオークそのもの。

だがその中身は、まるでオークとは思えない。

このことであった。

もっとも、そのような疑念がディネルース・アンダリエルの日常に占める重きは、さほど大きくなかった。現状では、細事と言い切ってもいい。ちょっと気になる程度のこと。

まずは旅団の編成を急がねばならない。

ダークエルフ族の今後が成り立つようにしなければならない。

故郷での立場だった一氏族長ではなく、残存ダークエルフ族全ての代表ということにもなってしまったので、あれこれ決裁、指導を行わなければならないことがたくさんあった。

それはもう、

「いやになるほど」

日々の殆どを彼女たちの衛戍地《えいじゅち》にして共同生活地であるヴァルダーベルクにあって、まずはグスタフ・ファルケンハイン臣下としての責務を果たせる状態となるまでに、自ら種族を高めることを目指さなければならなかった。

そうでなければ、王一個の立場としてだけではなく、オルクセンという国家全体としてもダークエルフ族を受け入れるという決断を下した、グスタフを裏切ることになってしまう。

成果を出さなければならない理由は、他にもあった。

表面化こそしていないが、他種族の、とくに軍高官たちとの間に心理的な軋轢《あつれき》が生じていたのだ。

グスタフ王の勅命ということで、この国の誰も彼もがダークエルフ族受け入れに従ってくれてはいたが、歴史的背景もあって、このような摩擦が生じるのは致し方ならぬことでもあった。

国策は個々の感情まで縛ることはできないものだし、またダークエルフの側としても決して己たちが清廉潔癖だとは思ってもいない。

彼女たちは彼女たちで、例えばオーク族全体を未だ信じ切れていなかったし、ドワーフの発音には耳を塞ぎたくなり、巨狼の顎を恐れ、コボルトの商才を疎み、大鷲には後ろめたさを覚えていたのだ。

むろん、致し方ないからといって喜ばしいことではないとも理解している。

グスタフはそのような事態を見越していたからこそ、王としての伝家の宝刀である勅命を用いたのだし、旅団編成完結の暁にはこれを自身の直轄にすると宣言し、そうやってダークエルフ族全体を強力な庇護下に置いたわけだが――

ディネルースたちはグスタフ王に心から感謝しつつも、これは同時に、この上ない重みにもなってしまった。

種族滅亡の危機から救い出してくれた上に、それほどの庇護を受けたのだ。

成果を上げなければ、ダークエルフは無能の者、不忠不義の者よと、誹りを受けるだろう。もしそのような事態に陥れば、誇り高き種族としては耐えられるものではない。

そのために学ばなければならない対象は、嫌になるほど多かった。


――まず、言語。

グスタフがこの国オルクセンの種族間統一言語として七〇年ほどまえ国法に定めた低地オルク語は、根本部分としてはエルフ系種族の用いるアールブ語と言語学上同じ分類に属していたから、まるで通じないというわけではない。文法や単語、発音の大部分が同じもので、違和感は少なかった。

ダークエルフ族にしてみれば、白エルフたちが言葉遊びのように時折用いる古典アールブ語のほうがよほど異質だ。古典アールブ語は単語や文法本来の意味以外に、これを用いる者が韻を踏んだり音節の共通点に音楽的な価値観まで共有して、会話の意義を見出すという、頭の痛くなるような代物だからである。

だが低地オルク語が種族間統一言語として作り出された性質を持つ以上、オーク族の言葉をベースにドワーフやコボルトといった他種族から取り込んだ単語、言い回し、発音、訛りなども当然存在して、とくに日常表現としての擬音がやたらと多いという特徴があり、これらには慣れねばならなかった。

グスタフ王が気を使って派遣してくれた国語教師曰く、

「我らが七〇年前味わった苦労を、一から始める状態ですな」

そんな具合だった。

国交も絶えて久しかったから、翻訳辞書の類も役に立たないほど古いものしかなく、相違する単語や初耳の言い回しなどを洗い出し、皆と共有、あとは実際に使っていくというような、面倒で根気のいる作業が必要だった。

「さてもさても、白銀樹はすぐには伸びぬことかな」

時代がかったエルフ族の諺《ことわざ》が彼らに通じるものなら、「世の万事、困難なことほど成すまでには時間がかかる」、そんなところだ。


――次に、農法。

オルクセンで用いられている農法は、前星紀後半からゆるやかに革新されつつ、この五〇年ほどのあいだに農業学によって論理化され系統化され、これが急速に普及して、たいへん近代的だった。

元々、ダークエルフ族は山岳地を主な居住地としていたため、酪農は得意でも、耕作は不得手だ。

シルヴァン川流域一帯は、気候地理的に大規模耕作や一部の穀類の作付けには向いていない場所だったという影響もある。

彼女たちが主食に用いていたのは、燕麦《えんばく》とライ麦。大麦。それに幾らかの蕎麦《そば》。パンや粥にしていた。

　これを農学的には三圃式農法という手法で育てていた。

　ざっくりと例示してみれば、耕地を三つに区切り、今冬はこちらでライ麦、夏にはあちらで燕麦か大麦、そちらでは休閑させ放牧利用といったふうにやる。同じ土地で連続して穀類を育てると土地が一気に痩せてしまい、育つものも育たなくなるから――

　そのはずだった。

　ところが、オルクセンで行われているのは輪栽式農法というもので、これはたいへん乱暴に一口で説明すれば、面倒な分割休耕を必要としない方法だった。

　大きくまとまった農地で、冬に小麦かライ麦を植える。翌年収穫が終わると同じ土地でカブか馬鈴薯、甜菜《てんさい》などを育て、また収穫。次は夏期に大麦か燕麦。これが収穫できたら、クローバーやアルファルファなどを植えて放牧利用。この周期周回を繰り返す――

「この一帯では、冬穀としては小麦かライ麦、夏穀には大麦。間に挟むことになる中耕野菜としてはカブかジャガイモを奨励しています。土地が肥えすぎてしまったときの調整には、アスパラガスなどもたいへん美味で結構ですな」

　説明を受けたとき、いったいこれは何なのだと、ダークエルフたちは仰天した。

　教師役となった農事試験場の学者や技師たち曰く、作物のなかには耕地の地力を回復させる種というものがあるから、これを挟むことによって連作障害を防ぐのだという（実際には作付け時期や収穫時期が重複する種もあり、また休耕までがまるで存在しないわけではないし、何か特定の野菜を商業上の売りにして専門に育てている農家といったものも存在したから、今少し複雑である)。

おまけに彼女たちに与えられた農地は、近隣にあった湖沼や河川を水源に灌漑化が行われていたから、そうでない土地と比べれば地力は遥かに豊かで、面積当たりの収穫量はたいへん多かった。

オルクセンは国内全土の農地で、こんな真似をしていた。

星暦八七六年現在、オルクセン農地の灌漑化率は、全農地のうち国土南部を中心に三割七分というところまで来ている。

また、農機具もたいへん優れていた。

放牧利用したあとの農地などは、犂《すき》という、鍵爪を巨大にしたような見かけの耕運器具で犂起こしを行うが、発明としては歴史あるものだったから、これと同じ原理のものはエルフィンドにも勿論あった。

だがオルクセンのそれは、単なる鉄製ではなく、鋼鉄製だったのだ。当然、鉄製より鋼鉄製のほうが頑丈で、深くも掘れれば、一気に犂起こしを行うこともできる。

機具自体もたいへん大きかった。

重量犂という。

これほどの大きさとなると人力で扱うことはもはや完全に不可能で、馬や牛に曳かせる。オークたちの用いる馬はそのほぼ全てが重量種であるというあの話が、ここでは利点となっていた。

四〇年ほど前に開発され、そののち鋼鉄の生産量が向上したことで単価が下がり、商業利用が可能となって、一気に普及したのだという。

現在ではその全てを鋼鉄で作るのではなく、鋼鉄材と比べればやわらかい性質がある鉄材を一部にわざと使い、壊れにくくするという、改良まで施されている。

鎌や熊手といった他の農機具についても、同様だ。

エルフィンドのものよりずっと進んでいた。

農学研究は肥料や酪農分野、品種そのものの改良でも行われていて、当然ながらそれらは農業生産量の飛躍向上となって、国民の食生活を豊かなものとしている。

あまりにも、エルフィンドとは差があった。

あの脱出行の直後のことだが、このヴァルダーベルク仮宿営地の兵舎食堂で、ダークエルフたちにとってはたいへん贅沢な代物、小麦粉だけで焼き上げられた白パンが夕食に出て、

「やはりオークなど信じなければよかった」

「これは殺されるか犯される前の駄賃」

「明日処刑されるに違いない」

などと誤解し、泣き出してしまった者までいた始末である。

白パンは、もはやオルクセンにとって贅沢品などではなかった。

オークたちにとっても歴史があるライ麦パンの味を好む者が多く、また国土の約三分の二までが小麦栽培よりライ麦栽培に向いた気候をしているというだけで、小麦粉のみの白パンや、小麦粉とライ麦粉を混ぜて焼いたパンは、無理なく市井の食卓にも上るもの。

おまけにあの刻印式魔法による保存技術革新が、これを大いに助けていた。長期間備蓄や産地から消費地への長距離輸送を可能にしただけでなく、ただでさえライ麦より美味い小麦は、低温保存熟成させると更に旨味を増すからである。

このようなオルクセンにおける食糧生産への情熱は、ダークエルフたちにしてみれば異常にも思えるほどだった。

国を挙げて取り組んでいる。

彼女たちから見て、もっとも奇異に思えたことは、大規模に土地を有する貴族や領主的な社会階級制度はオルクセンにはまるで存在しなかったことである。

産業としての大規模農場や、労働者としての農業従事者はいたが、小作農も殆どいなかった。

農地には国有地や州有地が多く、農家の殆どは国や州との間で貸借契約を結び、その貸借料を税として物納か現金で納める仕組みになっている。

国に納められた穀物は、飢饉に備えて食糧貯蔵庫に備蓄されるだけでなく、市場への供給量調整に用いられ、つまり一種の価格統制まで行われて、生産量向上や天候不順による過剰な価格下落を防ぎ、農家の生活を維持している。

では国家が農業を営んでいるのかと思えば、彼らの意識は少し違うらしい。

母なる大地《ムッターラント》　母なる国《ムッターラント》よ
母なる大地は　我らのもの

母なる豊穣は　我らのもの

これは約七〇年前に定められた、オルクセン国歌の一節である。

宗教を持たないオークたちにとって、唯一のそれらしい真似、食事を摂る際に唱える大地への感謝の言葉からとられたものだというが――

元々あった古からのその言葉は、国歌のものとは本当は少し違っていたらしい。

母なる大地は　我のもの
母なる豊穣は　我のもの

「我のもの」から「我らのもの」へ。単数称から、複数称に改められた。

この変更――一種の意識改革こそが、オーク族を変えたのだ。

現在のオルクセン国民数は約三五〇〇万。このうち全てがオークではないが、約八割までがそうだ。

大地そのものと、その恵みを同族とも他種族とも分け合わなければ、飢えてしまう。

またかつてのように他国を侵し、他種族を喰らい、同族をも喰らわなければならなくなってしまう。

それは彼ら自身にとっても、決して繰り返してはならない悲劇的な過去であり、まるで恐怖の対象になっているらしい。

農業は、オルクセンにとって単なる政策ではない。

生存していくための、根幹なのだ。

農事試験場はそのためのもので、国土のあちこちに作られていた。各地の微妙な気候や土壌の違いは、その土地その土地で試してみるのがいちばんだからである。

ダークエルフたちに与えられた試験場は、元々手狭になりかけていて、また極めて初期に作られたものであり、言ってみればその役割を行政的には終えた地であって、売却が予定されていた場所だという。

「手狭に、ね」

ディネルースとしては呆れるしかなかった。

農事試験場の面積は、約一五ヘクタール。地力からいってライ麦の生産量だけで年間約一五トン強の収穫が見込める場所で、これはエルフ族の一日当たり主食摂取量換算で八〇名ほどの者が一年は暮らしていける計算になる。

ライ麦だけで！

最小規模とはいえダークエルフ族の氏族まるまる一つが、一年は飽食していけるほどの土地を手狭呼ばわりとは。

与えられた周辺の農地転用可能な草原や放牧地は、広大極まる六〇〇ヘクタールほど。将来的に全て開墾できれば、約三〇〇〇名賄える。

くどいようだが、ライ麦だけで……！

夏の大麦や輪栽野菜の収穫も見込んで、酪農放牧事業の乳製品生産量や畜産量もあわせると、慎ましく暮らしていけば残存ダークエルフ族の六割くらいまでは完全に自力で食っていけるのではないかという規模の土地だった。

これほどの土地を与えられては、それがまた周囲の妬みを買うのではないかと気を揉んだこともあったが、どうやらそればかりは杞憂のようだった。

オルクセンの国土面積は三五万平方キロメートル。エルフィンドよりずっと広く、そしてそのうち開墾されている面積は全体から見ればわずかでしかない。

農業転用可能な未使用地の開墾開拓を、やはり国策として奨励していた。

国民誰もがその気になれば、国や州に申請して、その所有地を農業地として借入れるか、購入することが出来る。もちろん幾ばくかの資金が必要だったが、耕作が軌道にのってからの後払いでもよく、初期の運転資金を低利で融資する制度まで存在した。

「頼む。頼むから何か作ってくれ」

食糧が余ることより、足りなくなることのほうがよほど問題だ。余れば備蓄に回せばいい、それでも余れば輸出してしまえばいい、飢饉はいつやってくるのかわからないのだから――

彼らのほうとしては、そんな塩梅なのだ。

ダークエルフたちは、農業収穫の大半を地域の農業組合か商人に売却して種族としての収入にあてていく予定であったから、立派にやっていける。

全てがグスタフのおかげとはいえ、故郷にいたころより豊かになってしまうとは。

むろん彼女たちがオルクセン式農業を身に付け、我がものとし、実践していかなければ、これは故郷エルフィンドの諺で言うところの「取らぬ狐の皮算用」というもの。

だがやはり、呆れてしまうしかなかった。


――軍事上、学ぶべきことも多かった。

ディネルースたちダークエルフ族は種族自体が精強な戦士たちであり、魔術力があって、射撃や馬術にも優れた立派な兵である。

また彼女たちの中でも氏族長や副氏族長クラスの者、あるいはこれに準ずる者は、エルフィンド軍の士官学校で将校教育も受けていたのだが、オルクセンの最新戦術や兵器には幾らか戸惑う場面ばかりだったのだ。

三月の第二週、国王官邸の副官部からオーク族のミュフリング少佐という、生来いささか情けない顔つきの使いが来て、

「近く、我が陸軍の師団対抗演習を視察できる機会がございますが、如何なさいますか？」

と、参加の是非を尋ねる態で誇り高きダークエルフ族に気遣ってはいるものの、これは言ってみればグスタフ王の実質的な命令が来た。

実地見学教育の機会があるから、来い。

そう命じられているのだ。

演習実施予定期間は三日――

「感謝に堪えません。参りましょう」

ディネルースは即座に応じ、その日のうちに彼女の旅団で幹部将校となる予定の者たちから随行者を選抜した。

イアヴァスリル・アイナリンド
アルディス・ファロスリエン
エレンウェ・リンディール
アーウェン・カレナリエン
エラノール・フィンドル
フレダ・メレスギル
リア・エフィルディス
ラエルノア・ケレブリン

いずれも氏族長クラスで、来るべき新編旅団において参謀長や参謀、騎兵連隊や猟兵連隊の長、砲兵大隊や工兵中隊、段列の指揮官となるべき気鋭たちである。

ちなみに、ダークエルフ族の名と姓もまた、オルクセン側の言語習慣からするとほんの少しばかり違和感があった。

彼女たちは、名も姓も、いってみれば形容詞でできていた。全体で一つの述語になる。

例えばディネルースの場合、「静かな猛り《ディネルース》の、丈高き娘《アンダリエル》」といった意味だ。

姓も一代限りのもので、実は名に名が重なっているとでも表現するほうが正確である。

しかもその殆どは、現代アールブ語ではなく古典アールブ語から来ていて、文字で表すことは出来ても意味はまるで通じない（ただしこれには言葉の流行り廃りというものもあり、若い世代のダークエルフたちのなかには現代アールブ語を重ねた名を持つ者もたくさんいた）。

ディネルースの名を無理やり意訳するなら、おばあちゃん言葉で、

「あんた生まれたときはなぁ、もう柄も大きくて、泣きはせぇへんかったけど暴れる娘やったんやで」

というような具合になる。

重ね名はオルクセンにも存在するが、基本的には生まれの地の地名や職業などを冠した姓を祖先から引き継いでいるオルクセンの者からすれば、確かに違和感がある。

ただし、ダークエルフ族の名が持つ言葉の響きの美しさは彼らにも感じ取れた。

彼女たちが部隊の編成を始めたとき、実は最初に起こった異文化摩擦はこの氏名姓名に起因するものであって、陸軍省人事部が任官や任命の書類を作成するとき、いままで見たことも聞いたこともない名を書くために、本当に綴《つづ》りが合っているのかと各部署で何度も確認が生じた。

摩擦というより殆ど幕間喜劇に近いような話で、いまでは笑い話になっているが、何事も実際にやってみねばわからないこともあると、これはオルクセン側にもダークエルフ側にも一つの教訓となっていた――

第三章

将軍たちの丘

ディネルースとその麾下《きか》将校たちは、翌週の後半になってからヴィルトシュヴァイン西方郊外の更に少しばかり行ったところにある、オルクセン陸軍首都大演習場を訪れた。

演習視察開始は早朝を予定されていたから、まだ深夜未明のうちに、各自常装軍衣着用のうえ携行装具を帯び、ヴァルダーベルクから騎乗にて出発した。

料峭《りょうしょう》がある。

三月とはいえ、早朝の気温は零度に近かった。

ディネルースたちも、馬も、呼気が白い。

騎乗には、既に仮称ダークエルフ旅団用の乗用馬が駐屯地へと届き始めており、これを使った。オルクセンではたいへん珍しい、輓用馬種ではない、本物の乗馬種。

血統的にはベレリアント半島原産で、いまでは星欧大陸各地に軍馬として広まっているメラアス種だ。

実は——

このメラアス種馬の調達に、やや支障が出ている。

オルクセンでは、軍用も民需用も重量馬のペルシュロン種などばかり馬産地で育成しているため、メラアス種を育てているところは指で数えられる程度だ。

ごくわずか、ドワーフ族及びコボルト族の騎乗用や観賞用に産しているところもあったが、そこからの調達量だけでは兵力八〇〇〇名、ましてや騎兵を中心にしたダークエルフ旅団の編成を賄えない。

旅団の騎兵は最終的には三個連隊編成、一個中隊一五九頭で一八個中隊となる予定になっていたから、これへ各連隊本部の必要馬数も加えると——騎兵だけで、三〇〇〇頭近いメラアス種が必要になる計算だ。

猟兵連隊や山砲大隊などを含めた旅団全体となると、気が遠くなるほどだ。

必要馬数の大半を、国交のある人間族の国々から輸入しようということになり、まだ実態としては「馬のいない騎兵旅団」である。

細かなところを挙げだせば、輓用馬と乗用馬では馬具のサイズは違う、蹄鉄は合わない、銜《はみ》は大きすぎるなどと問題は噴出。それらは急いで造兵廠や民間業者を使い製造、購入し、当座取り急ぎのものは旅団内の蹄鉄工や鞍工で自作するということにもなり——

下手をすると、今後の軍におけるメラアス種の馬産もダークエルフ旅団の担当ということになりそうな気配すらあった。

正直なところ、ここしばらくそのような「実行に移してみなければわからないこと」ばかり起こっているので、ディネルースはいささか疲労を覚えていた。

演習視察参加前夜となる昨夜は流石に早く眠ることにし、しかも薄めたエリクシエル剤を混ぜた強い火酒を呷《あお》ってから、無理やり寝床についたのだ。

配下の者たちも同様。

それぞれ各職域で為すこともあった上に、手分けして民業部分も差配しつつ、軍学校が派遣してくれた教官連から教えを請い、おまけに各自でオルクセン陸軍の歩兵操典や騎兵操典、将校必携書、兵書などを連日深夜まで読みふけっているので、いかな基礎体力と魔術力のあるダークエルフ族といえども眠くて仕方がない。

オルクセンの軍隊にはやたらとそういった教本類が多く、しかも指揮官たる者はそれを読み込んでいて当然とされていたから、即席の辞書を片手に苦労している。

それでも種族の誇りもあり、遅れてはならぬと未明に出発したわけだ。

彼女たちの涙ぐましいまでの努力の結果、参集予定時刻前に首都大演習場へと無事到着できた。


営門から、たいへん立派な演習地兵舎や食堂などの並ぶ箇所を抜け、各所に配された兵たちの案内を受けつつ、視察将校参集地に到着。そのころには夜空が白んできた。

「ほう……」

ディネルースは感嘆の吐息を漏らした。

実に広大な場所で、多くは草原。

なだらかな起伏の丘も幾つかあれば、東方端は森林地帯に入ってくるので樹々も多く、河川もあれば湖沼も点在。軍の手により故意に作られた耕地や、農村を模した無人の村まであった。つまり、おおよそこの地方で想定される戦場環境の多くが試せる場所。

オルクセンには、規模の差こそあれ、このような演習場がたくさんあるという。

連隊規模以上の部隊の衛戍地には、専属のそれが必ず付随しているほど。

師団規模でも年に二度ほどは実施する野外演習を行いたくなったとき、農地との区別をつけて、その生産量を阻害しないためだ。

また、それほど広大な土地が無駄にならぬよう、たいていの場合、普段は近在の畜産家たちのための牧草用地として、あるいは軍の手によるささやかな副業的農業耕地として活用されている。

むろん、軍事機密の保護という観点もある。

ヴィルトシュヴァイン演習場には、軍専用の鉄道引込線まで二本も走っていると聞かされ、ディネルースたちは舌を巻いたものだ。

その演習場の一端。

周囲より少し高さもあり、多少平坦な頂部を持つ丘の上に、いくつかの司令部用天幕が繋ぎ合わせるかたちで設けられていた。

風が巻き起こるようなこともあるだろうから、四周から紐を張って天幕を支える木杭は、かなり入念に打ち込まれている。

折り畳み式の大きな机が天幕中央を占めており、それには赤い天鵞絨《ビロード》の覆いがすっぽりと被せられていた。黒板があり、幾つもの椅子もある。

天幕周囲には、三脚の上に据えられた巨大な双眼鏡といった見かけの観測鏡や、野戦電信の柱、電信機用の小天幕があり、伝令用の騎兵中隊も丘の下に。

何頭かの巨狼も野戦憲兵に連れられていた。巨狼たちは、彼らの種族たちのうち軍務についている者であることを示す、真鍮製の半月状の金属板を首から鎖で下げている――

ディネルースも読み込みつつある軍の将官用の必携書――「高級指揮官教令」によれば、演習統制部と呼ばれるものだ。

例えてみれば、対抗試合の審判役を務める場所だ。

味方役と敵役となった部隊や、演習地のあちこちに配された審判役参謀将校たちから連絡を受け、ここで攻守の結果や、行動の是非を吟味、判定。演習終了後には試合結果発表と解説や論評に相当する「講評」という作業を行うためのもの。

そして今回の場合、視察に訪れた王グスタフ・ファルケンハインの仮在所でもある。

演習の準備段階自体は昨日から始まっていて、彼は演習地の宿舎に泊まり込んでいたのだという。

王より遅参してしまったようにも思えるが、この場合は正式に告知された視察参加将校の集合時間に従っているから、何も問題になることではない。

天幕内の上座についたグスタフの背後には、あの巨狼アドヴィンも当然いた。彼の首にも金属板。

そちらは寝そべっている。

「やあ、来たな少将」

ディネルースたちの姿に気づくと、若干よそ行きの口調であの常装軍服姿のグスタフは軽く手を挙げた。たくさんの一般将兵や、私的親交上は側近とはいえない軍幹部もいるので、多少は礼式を気にしているらしい。

ただし相変わらず過剰な装飾には興味がないようで、彼の椅子は豪華な玉座などではない。まったく通常の、ただしオーク族向けにサイズばかりは大きい、軍用の背もたれ付き折り畳み椅子だった。

あれこれ何か考えていたらしく、火の点《つ》いていないパイプを咥え、手帳と鉛筆を携えてもいる。

「我が王」

ディネルースもまた礼式に合わせて、さっと敬礼した。

通常、オルクセンを含む殆どの国では多少掌や肘の伸ばし具合や角度は変わっても、敬礼には指の全てを伸ばす。

だがディネルースたちのそれは、しなやかな人差し指と中指だけを伸ばしたもの。親指と薬指、そして小指は握ったかたちにする。エルフ族式の伝統ある敬礼だった。

オルクセン陸軍において彼女たちの部隊がどちらのやり方でやっていくかは多少議論があったが、「そのままでいいんじゃないか。格好いい。気に入った」のグスタフの一声で、こちらの独特な方式を使い続けていた。

当節、オルクセンや人間族各国の軍隊では、しかつめらしく軍服を統一するのではなく、基本となる装具や兵器類は軍制式のもので揃えつつも、内外の民族衣装風の意匠を部隊規模で取り入れてみたり、各部隊で色彩や意匠を変えてみるなどといった真似が、一種の洒落っ気を示すものとして流行していたから、意外とすんなりと両者の形式差は融合したのだ（ディネルースの部隊の軍服が独自のものであるのも、そのためだ）。

「少将。ゼーベックのじいは、今日は素面《しらふ》だからちょっと警戒したほうがいいよ」

「いえいえ、そんな、陛下……」

返答に困るようなことをいう。若干弱ったディネルースの視線の先。

グスタフの側には、彼より年嵩で、他者からは少し苦み走った顔つきに見えるオーク族がいた。そのオークはちらりと顔を上げ、敬礼したままのディネルースに鷹揚に頷いて返した。

あの山荘で、グスタフから「じい」と呼ばれていた側近。

襟には、赤地に金絨《きんじゆう》で椎の枝を模した将官襟章。ズボンにはやはり将官を示す太く赤い側線帯。肩の階級章は上級大将だ。勲章やその略綬も幾つか。

カール・ヘルムート・ゼーベック。

オルクセン国軍参謀本部参謀総長《グロー・サー・ゲネラルスタブ》。

グスタフとは彼が王になる前からの付き合いだという、側近中の側近、最側近だ。

ディネルースも、あの脱出行以降何度か会っていた。

グスタフの相伴に与かるかたちで、既に食事を共にしたこともある。

彼女一個の感想としては「初対面では嫌になるほど生真面目に見えるが、打ち解けると意外と面白い性格」。好みだという重い味わいのオルクセン西部産赤ワインが入ると特にそう。静かに飲むが酒量はかなりのもので、洒落っ気というか茶目っ気があり、ちょっと辛口の冗談を口にすることもある。外套の袖に演習統制官を示す緑色の腕章を巻いていて、どうやら今日の統制部責任者——演習統制監らしい。

珍しいことだろう。

今日の演習は、師団と師団が仮想対抗上争うものでそれなりの規模だが、それでも互いに全部隊投入というほどではなく、通常ならゼーベック上級大将ほどの位にある者が統制監を務めるものではない。師団の上級部署、軍団司令部辺りが面倒をみるレベルだ。

おまけに大机の周囲には、他にも軍の高官たちがいた。

参謀本部作戦局長エーリッヒ・グレーベン少将。オーク族
同　兵站局長ギリム・カイト少将。ドワーフ族
同　通信局長ヘルムート・シュタウピッツ少将。コボルト族、ダックス種
同　兵要地誌局長カール・ローテンベルガー少将。オーク族

彼ら配下の参謀や副官たちも天幕内や別天幕にもいて、また、オルクセン国軍参謀本部の要職のうち次長職はグレーベン少将の兼任だったから、この天幕はまるで「移動してきた参謀本部」である。

軍記物語風に言えば「将軍たちの丘」だった。

――何かそれなりの、手の込んだことをやる演習ということか。

ディネルースは察した。

そもそも、この参謀本部という制度。

彼女からすれば、たいへん奇妙な代物だ。

元々は軍の兵站業務を差配監督するための組織だったというが、いまではそれに加えて軍の作戦全般を立案、グスタフに献策するためのものになっている。このような機構を「軍令」組織というが、その担当として装備や兵器体系を考査、軍政部門や技術部門に要求し、教育部門とも協力して各部隊に運用させるといった細部まで所管にしていた。

あの朝市が毎週開かれるヴァルトガーデンの北隣に、王宮官邸にも比肩する大理石造りの巨大極まる専用の庁舎を持っていて、つまりそれほど規模が大きい。

他国には、それほど大規模な同種組織は存在しない。

翻訳すれば参謀本部と名のつく組織を持っている国はあるにはあるが、それは平時における参謀将校たちの、いってみれば無任所にしないための待機場所で、それ以上の意味を持たないものだ。

世界の多くの国は、戦時、軍を指揮する王なり将軍なり、各級指揮官なりに補佐役の参謀長や参謀といった幕僚をつけ、それで良しとしているのだ。

王直轄の、平時から存在する、しかも陸軍省のような中央官衙に匹敵するほどの組織とは何なのか。

大袈裟に過ぎるように思えた。

成り立ちだったという、兵站を行うために専用の組織を作るという真似も、ちょっと理解しかねるところがあった。

兵站なぞは現地調達に任せ、部隊単位で担当将校を配し、実施はその辺りの会計将校にやらせておけばいいことだ、などと思っていたのだ。そうでないと、機動力を維持できない――

乱暴な考え方のようだが、これはほぼ全ての国の軍隊でも同様に扱われている、格別珍しい思想ではなかった。

兵站について煩瑣にすればするほど軍の機動力は低下するため、上古の昔から現地調達式のほうが主流なのだ。

例えば、指揮官たるもの、兵一名一名が携えていく非常食――携行糧食は、よほどのことがない限り口をつけさせてはいけないもの、とされていた。現地で調達した食糧から消費する。

そのほうが新鮮でもあるからだが、兵を気遣っているのではない。

携行糧食に手をつけてしまっては、食事のたびに消費分を後方から補充してやらなければならなくなるからだ。前へ、進めなくなってしまう。

そのように後方兵站が軍の行動を妨げてしまう本末転倒な現象を、エルフィンドの兵諺で表現すれば「軍が枝に絡まる」という。

オルクセンのように真面目に兵站についてあれこれ考えまわすほうが異常も異常、こういっては何だが頭がおかしいのではないか、などと思えた。

だが、移住してこの国の民となったいまでは、彼らの考えも理解できる。

オーク族の軍隊を大規模に動かすと、実に大量の、膨大にも思えるほどの食糧を消費する。

他国のように、軍司令部に担当将校と資金を与えて出征先から現地買い上げなどという調達方法を採ったとしたら、たちまちその地方が干上がってしまうほどに違いない。

つまり後方策源地から食糧を送る、あるいは事前に前線近くに食糧集積場を作っておくといった兵站行動が不可欠なのだ。

理解はできる、理解はできるが。

その作業は、当然ながら膨大なものになるだろう。

物資の調達、荷馬車の差配や、輸送線全体の総監督。

その他諸々。

雑事としては諸々のほうが多いくらいだ。

後方から前線へと送らねばならぬものの中には、軍隊としての必須の存在、大小様々な弾薬や兵器や装具の予備品、軍馬の飼秣、更には補充兵といった存在も当然含まれるから、書類の処理を想像しただけでも頭が痛くなるほど。

参謀本部はそのための組織として、いまから六〇年ほど前、オルクセンの西隣にある人間族の国、グロワールに攻め込まれ、諸種族統一オルクセン初の大規模戦争となった際に出来た、という。

オルクセンにとって全くの国土防衛戦争で、ならばなおのこと戦場となった国内と国民を荒らすわけにはいかず、後方策源地から前線へと食糧や武器弾薬を届ける計画全般を立案指揮したのだそうだ。

因みに、この戦争――

グロワール人に現れて一砲兵将校から皇帝にまで上りつめ、国を纏《まと》め、強力な軍を作り、周囲を侵略した人間族の傑物英雄の名をとって、各国では「デュートネ戦争」と呼ばれているが。

世捨て人のように、ベレリアント半島シルヴァン川流域以北に閉じこもってばかりいるエルフ族たちにさえ当時噂が聞こえてきたほど大規模なもので、全体として約二五年、オルクセンが関わった期間だけでも五年続いた。

以前グスタフにせがんで話を聞き、参謀本部編纂《へんさん》の公刊戦史も少し見せてもらったが、オルクセンとしては多くの戦場で勝ち、戦争にも勝ったものの、兵站線の維持という点では大失敗だったらしい。

国内で戦っているうちはまだよかったが、戦争後半、グロワールまで逆に攻め込んだところで当時の参謀本部が力尽きてしまった。

彼らが、ゼーベックたちが無能だったわけではない。

鉄道はおろか、石畳の舗装路さえ珍しかった当時の社会基盤では、最も輸送量を確保できる存在は内陸河川による水運のみと言ってよく、兵站組織のどのような努力をしても補給線が伸びきり、出征軍を支えきれなくなったのだそうだ。

調達と兵站線維持の実務の大半を、軍指定の商人たちが行うという当時の制度もよくなかった。肝心要、実務の部分を丸投げしているに等しかったからだ。

結局のところ、オルクセン軍は外征先のグロワール東部で不本意ながら現地調達をやり、更には占領地で自ら麦を刈り取り、畑を耕し種を蒔《ま》くという真似までして、人間族の別の国とも同盟して共同戦線を展開しながらグロワール首都までへとへとになりつつ辿り着き、デュートネを降伏させ戦争を終わらせた。

終戦後、占領地を放棄して人間族たちの警戒を買わないようにするという涙ぐましい努力をしつつ、講和条約で莫大な賠償金を分捕れていなければ、いまのオルクセンの繁栄はもっと遅れていただろうと、グスタフは語っていたものだ。

国軍参謀本部は、同戦争の反省もあって巨大化した。

二度と「枝に絡まない」ように。

他国にはない制度を更に国軍内部に生み出しつつ、だ。


――現在のオルクセン軍には、参謀科という兵科がある。

他国では、歩兵科や砲兵科といった各兵科将校がそのまま参謀になるが、最初から参謀になるための将校を育てるという制度だ。

優秀な将校候補者ほどこの科に入れて、軍の最高教育機関である陸軍大学校で教育を施し、赤い側線飾り入りのズボンを履かせて優遇する。各部隊に属せしめ、兵站と作戦立案などを行い、また上級者へと昇進した者は参謀本部に配する(一般兵科将校が参謀になれないわけではない)。


――通信科。

これもまた、まだ他の国にはない。他国では野戦電信敷設は工兵科が監督まで請負い、部隊間通信は各兵科将兵が担当していたりする。

電信線の敷設計画立案や電信の操作、魔術通信の構築や実施、監督差配を行うための兵科だ。

こちらも上級者は参謀本部に専門の一部局まで与えられて、配属される。軍の通信は、兵站活動にも作戦立案やその実施にも濃厚にかかわってくるからである。

むしろそのような軍の働きを円滑に処理し、成功たらしめるための最たるものだと見なされていた。


――輜重《しちょう》科。

これは兵站の実務のうち一部を担うためのもの。

軍用馬車や水運、ちかごろでは急速に発展した鉄道をも用い、後方根拠地から物資を前線へと届ける役割を担う。ただ輸送するだけではなく、物資の管理、貯蔵といったことも彼らの担当。

この作業と予算金銭面で関わることになる会計科や、各部隊に届けられた食糧を実際に調理することになる調理科などとは、緊密に連絡を取り合うことにもなる。

オルクセンの国有食糧貯蔵庫や軍用食糧貯蔵庫の多くは、彼らが仕事をやりやすいよう、港湾施設の倉庫区や、鉄道駅に併設されるかたちで作り上げられていた。


――国軍測地測量部というものも存在した。

参謀本部の部局でいえば、兵要地誌局の下部組織。

これは、軍用地図を作製するための専門部署で、測地測量に関する技術を持った各兵科将兵選抜者を専属で要し、各地の兵要地誌にもまとめる。

兵要地誌にはその場所その場所の気候風土や住民気質、地域経済の様子などといったものまで記されるから、そんなものも調査する。

作戦を立てるにも兵站を実施するにも、その対象地域の地勢地理といった情報が極めて重要なのは言うまでもなく、似たような組織を持つ他国軍もあるが、参謀本部に属していることはオルクセン独特だった。


そして――

ちょうど天幕外にいたディネルースの魔術力が、何かの気配を捉えた。

周囲の地上ではなく、空から。

見上げる。

あれは。

やがて巨大な影が、天幕上を通りすぎ、弧を描くように舞った。

本能からか、丘下の巨狼たちの何頭かが長吠えを上げて、ちらりとアドヴィンに睨まれ小さくなる。

翼がはためく、大きな羽音。

演習統制部の丘から下ったところに、工兵たちの手により白石灰で描かれていた広い二重の真円の中心に、巨大極まる翼鳥が降り立った。

――大鷲だ。

全身は黒っぽい茶色。

翼の前半と尾羽、脚の羽毛は艶やかな白。

嘴《くちばし》は橙黄。

その色合いと姿が見惚れるほど美しく、凛然としていて、気高くさえあった。

翼を目いっぱい広げたときの端から端までの長さは、六メートル半はあるという、おそらく間違いなく世界最大の飛翔性生物にして、魔種族の一種。

ディネルースにしてみれば、久方ぶりに、実に久方ぶりに見る。ベレリアント半島からは駆逐されてしまって久しい種族だ。

大鷲はその精悍な顔つきを首ごと前後させつつ、意外に器用な足取りで天幕の丘へと登ってきた。

オルクセン軍の天幕は、オークたちの体格に合わせてずいぶんと作りが大きいが、それでも手狭になってしまう。

「我が王」

鋭い嘴に相応しい、切り裂くような質の声音。

「やあ、ラインダース。今日の天気はどうだい？」

グスタフが、あの軽く手を挙げる仕草で応じた。どうもこの王、よほどの式典でもない限り、誰にでも答礼ではなくその仕草で返すらしい。

「見事な春晴れです。多少雲はありますが、よい日和になることを請け合いますな」

「そうか。アンダリエル少将、君は初対面だったな。紹介しよう。大鷲族のヴェルナー・ラインダースだ。彼らの現族長の、ご子息にあたる」

大鷲が首を巡らせ、こちらに向き合うと、黄色い嘴を下へ傾けた。お辞儀のように見える。

どうやらそれが彼ら種族なりの敬礼の仕草なのだと気づいて、ディネルースは少しばかり慌てて答礼と挨拶をした。

首からは、巨狼のものと同じ意匠の金属板があって、つまり軍に所属している。それに刻まれた階級章を眺めると――

なんと、少将だ。

ディネルースと同じ階級だが、何処の国の軍隊にも先任順序と呼ばれている慣例があり、同階級同士なら先に任じられた者のほうが上官にあたる。金属板の経年の具合から、どうみてもラインダースのほうが先任だった。

この場合、あとから敬礼してしまったディネルースは失敬な真似をやってしまったことになるが、ラインダースと呼ばれる大鷲に咎《とが》める気はないようだ。

初対面ならどちらが先任か判然としなくて当然、相手は亡命してきたばかりの者、ましてや王による紹介対面の場ということで、見逃してくれたらしい――

そのように安堵していたのだが。

「ラインダースと申す。国軍大鷲軍団《アドラー・コープス》、その長を拝命している。以降お見知りおきを……そう言いたいところだが――」

ラインダースは、奇妙に棘のある言い回しをし、言葉を区切り、彼女を見つめた。

その瞳。

猛禽類特有の鋭い眼光の他に、何かを漂わせた光。

ディネルースには、彼の目に漂うものに、既視感があった。

「私は、貴公と以前遭ったことがある。遠い遠い、あまりにも遠い昔のことだ。おそらく覚えてはおられまい。積もる話もあるが、それはまたいずれ、場を改めて為そう」

「………」

これは。

この大鷲は。

思い出すものがあり、言葉に詰まる。

ふたりの異様な空気を察してか、それまであれこれ騒がしかった天幕内に、沈黙が満ちた。

グスタフが咳払いをし、

「まぁ、ラインダース。座れ」

場をとりなした。

彼は予め用意してあった丸太を兵たちに持ってこさせた。

天幕の一隅に横倒しにしたそれを、ラインダースが掴む。大鷲は生物としての構造上、座ることが出来ず、これが彼にとってのいちばん楽な姿勢——着座ということになる。

ドワーフのカイト少将が、いったい何がおかしかったのか下卑た響きの笑い声をあげて、コボルトのシュタウピッツ少将がくすくすと含み笑いでそれに続き、これを合図にようやく天幕内に職務的喧喉が戻った。

ディネルースは、そっと静かに震える吐息をついた。

カイト少将とシュタウピッツ少将の笑い声は。

――いい気味だ。ダークエルフ。

そのように聞こえたのだ。

ここのところの疲労もあって生じた、気の病み過ぎかもしれない。

だが、そうではあるまい。

巨狼、ドワーフ、大鷲、コボルト。

彼らは間違いなく、ディネルースを――ダークエルフ族を好意的には思っていないのだ。

怒りに体が震えそうで、後ろめたさに心臓を鷲掴みにされそうで、悲しみに押しつぶされそうで。

しかもそれらが混交して己自身にも訳が分からなくなり、ディネルースは部下たちとの連絡にでも立ったという態でそっと天幕を出た。上手く演技できたかどうかの自信すらなかった。

あの大鷲。

たしかに記憶にあった。


七〇年ほど前、エルフィンドが「害獣駆除」を奨励したことがある。

エルフ族に仇なす魔種族たちを、半島から追い出してしまう政策。

ダークエルフ族はその政策により、あちらで巨狼を、こちらで大鷲をという具合に狩りをした。

彼女たちの種族は狩猟を得意としていたし、倒せば毛皮や羽根が売れ、一頭いくらで国から報奨金も出て、貴重な現金収入を氏族にもたらしたからだ。

巨狼は、エルフ族の赤ん坊を攫《さら》って襲う「恐ろしい顎《あぎと》」。

大鷲は、国内の他の野生動物を襲う「巨大なる翼」。

そういうわけだった。

国の政策がどうであれ、ディネルース自身としては、後者についてはさほど脅威に感じていなかった。

既にそのころ、生息地の減少や気候の変化により、大鷲はその種族数を減らしてきていて、狩猟を糧とするダークエルフ族にさえ獲物の競合は目を瞑れる程度のものになっていたのだ。

むしろ極めて稀に大空を舞う姿を見つければ、美しいとさえ感じていた。

だから——

ある日の狩猟行で、若い大鷲が大樹の枝に止まっているのを山道の岩陰から認めたとき。

ディネルースは、携えていた弓に矢をかけることさえしなかった。

そっと魔術力を消し、気取られぬように距離をとりつつ、視覚上の偽装のためにあの民族衣装のフードを被って、その大鷲の朝陽を浴び輝く翼の美しさにただ見惚れ、狩りの対象としては見逃すことにしたのだ。

それでも、大鷲は賢い生き物だ。魔術力もある。

やがて彼女に気づくと、じっと見つめ返してきた。

ずいぶんと長い間、対峙していたように思う。

（我を狩りに来たのか、ダークエルフ《デックアールフ》）

躊躇《ためら》うような響きを含ませつつ、彼のほうから、魔術を使って話りかけてきた。

大鷲が言葉までを解するのだと知ったのは、そのときが初めてだった。

（いいえ。貴方の姿に見惚れていただけ。この辺りはもう貴方にとっては危険な場所だ。何処か遠くにお逃げなさい）

（……そうか。わかった）

彼は羽ばたいて飛び上がり、高い空を南の方角に消えた。

それが、彼女自身にとってはエルフィンドの地で最後に観た、大鷲族の姿である。


あのときの大鷲だ。

きっと、そうに違いない――

私は彼を助けた。

だが種族としては恨まれていても、これは致し方のないことだ……

「……ダークエルフ《デックアールフ》」

背後から、あのときのままに、声がした。

振り向くと、いつ天幕から這い出てきたのか、ヴェルナー・ラインダースが立っていた。

種族特有の声音は鋭いものの、何処か戸惑っているような気配がある。

「……すまない。あんなつもりではなかったのだ。あとで、かつての礼を言いたいという意味だったのだが。斃《たお》された仲間たちのこともあり、棘のある言い方になってしまった」

「……いいんだ。大丈夫だ」

軍の階級を抜きに、個々の付き合いとして話しかけられているのだとわかり、ふだんの言葉遣いで答える。

「貴方、生きていたのだな？　あのときの大鷲だな、貴方？」

「ああ。覚えていてくれたのか」

「もちろんだ」

「そうか」

大鷲はくっくと喉をならした。笑っているつもりらしい。嬉し気だ。

ディネルースも、落涙しそうになった。

「あのときはすまなかった。あの場で礼を述べられればよかったのだが。私もまだ当時は若くてな。まだ成獣になりたてだった」

「とてもそんな風には見えないほど、荘厳だったが」

さきほどの仕返しだというように、ディネルースはちょっと意地悪な言葉の響きで返した。

ただし、ちゃんと意図が伝わるよう、目元や口元、片眉を上げた仕草に諧謔《かいぎゃく》を滲ませている。

「それは光栄至極」

ラインダースも笑みを大きくした。

「いまではこの国に？」

「ああ。とてもよくしてもらっている。軍では、種族の者たちとともに、空中偵察と呼ばれるものを担当しようと、その試験部隊の運用をしている」

「…………空中偵察《ルフトアウフクラング》？」

「ああ。これもまた、さきごろ参謀本部の考え出したことだ。まったく、彼らは様々なことを思いつく。一言でいえば、貴公ら騎兵がやるような斥候を、空から行う。空は高い。飛べば何でも遠くまで見える。行軍してくる敵など、すぐに見つけることが出来る――」

「…………」

「そして我らには魔術力がある。たとえ敵が森のなかに伏し隠れていようが、注意さえしていれば相手を見つけられる――」

ディネルースは愕然とした。

その効果の高さのほどを想像し、理解し、言葉を失う。

「我が王曰く、最早これは従来の三兵戦術の概念を超える。世界創世以来、地上だけで為されてきた陸上戦闘が、空と一体となるのだ。諸兵科連合戦術《ゲフエヒト・デア・フエアブンデン・ヴアッフエン》とでも呼ぶに相応しい、と」

なるほど。

なるほど、なるほど……！

大変革と言っていい。

世界の戦史が塗り替えられるだろう。

――なぜ、エルフ族は誰もいままで思いつかなかったのか。

理由についてはすぐに思い当たる。

誰も、彼らの種族とまともに交流できなかったからだ。

ディネルース自身でさえ、彼ら大鷲族が言葉まで解するなど、あのときまで知らなかった。氏族のなかにはそんな伝承もあったが、神話の類だと思い込んでいたのだ。

「いままでは作物の種蒔き時期や収穫時期に空へと上がり、天候を見て、舞い戻って知らせるという日々を送ってきた。それはそれで、この国の役に立ってきたという自負はあるがね。ちかごろでは、人間族の生み出した気圧計や風向計という技術と組み合わせれば、ほぼ間違いのない、正確な天候を予測できる」

「それは……間違いなくそうだな。素晴らしいことだ」

農家は大助かりだ。市井生活も。

それでグスタフはまず彼に天候を尋ねたのだ。そういえば、以前そのようなことを口にしてもいた。

軍隊としても、正確な天候予測を立てられるというのは、たいへんなことだ。

天候は軍の行動に大きく影響する。

「だが軍にコボルトの魔術通信兵が配属されるようになって、彼らが魔術の使いようによっては遠方の気配を感じ取れることがオークたちにわかるようになると――では我らの能力も軍事行動に使えないのかと、誰かが思いついたのだ」

「なるほど……」

「種族の能力は、それぞれは当たり前のことだと思っている。格別珍しいことだなどとは、思っていないものだ。一緒に暮らしてみて、始めて差異がわかる。やってみないとわからない事ばかりなのだ。私は、彼らがそれほどまでに遠くのことがわからない生き物なのだとは、思ってもみなかった」

まさしく。

そう。その通りだ。

――やってみないとわからない事ばかり。

ここのところのディネルースは、それに苦労してばかりいる。

「今日は、我らのうち若い者が飛ぶ。魔術を使える貴公らには理解してもらえると思うが、魔術による通信や探知には、個々の力の差や経験値が大きい。まるで見つけられないどころか、下手をすると明後日の方向に波《ウエーブ》を飛ばす者すらいる」

これもまた然り。

ディネルースは、魔術とは、人間族たちが絵物語に想像するような万能のものではなく、彼らの言うところの「五感」の、鋭くなったような代物だと思っている。「見る、聞く、触る、味わう、嗅ぐ」。第六のものとして、「感じる」。

そんなものが、魔種族は自らに備わった魔術力によって、より強く使える。

ところがこれには人間族たちの能力が同様であるように、魔種族内でも個体差がある。

近くを見ることが得意な者もいれば、遠くを見ることが得意な者もいる。そんな具合だ。

言い換えてみれば、魔術とはその程度の存在に過ぎない。

受動的に使えるものばかりで、他者に直接的な影響力まで及ぼせる魔術は治癒術くらいである。

それとて「元気を分ける」という感覚だ。

あまりやりすぎると使用当事者がぶっ倒れてしまうため、通常はエリクシエル剤の投与や医学的治療をまず行うようにされている。

人間族が夢物語に想像するような、「火炎の魔法」だの「氷結の魔法」だのといった代物は、ディネルースでさえ見たことがない。神話伝承の時代にはそんな真似が出来る者もいたというが、僅かに刻印式魔術にその名残を見出せるくらいである。

生まれ備わった元々の能力に加えて、経験による補正差も大きい。

経験を重ねることで、それまで不得意だと本人が思い込んでいた部分が得意なことに変わることもあれば、得意な部分が更に伸ばされ、長所になるという具合に（当然というべきか、悲しいかな、いくらやっても駄目な場合もある）。

ダークエルフ族の魔術力が高いのは、長年種族として営んできた狩猟生活に補正された部分が大きいのではないか、ちかごろではそのように思っているのだ。若い者を狩りにつれていけば何かヘマをしでかすものだが、やがてそのなかから老練巧緻な狩人が育つように。

ラインダースの隊は、その「経験値」を若い者たちに積ませようと試行錯誤するところまで行っている、ということだ。

羨ましい。

まだ我らには、そこまでの余裕はない。だがいずれ、必ず必要になってくることだ。

我らが狩猟を糧とすることはもう無いかもしれない。

だが、軍事行動という、もっと物騒で、無慈悲で、非情な「狩り」をやることになる。

「こう言っては何だが――」

ラインダースは最後に、やや躊躇うように告げた。

「貴公のお立場には、同情申し上げている。心から。この国にやってくることになった理由も、いま為されようとしていることも。我らとよく似ている」

「…………」

「私のような若造が申し上げることではないかもしれないが、ドワーフもコボルトも、あるいは巨狼も、ああ見えて物わかりはいい種族だ。だが生き物とは誰しも、頭でわかっていても、心はそれに追いつかないものなのだ。貴公に――命の恩人である貴女にあんな態度を取ってしまった、いまの私にはそれがわかる」

彼は、誤解を招かぬよう、慎重に言葉を編んでいた。

その態度、高潔さ。

まるで伝説の騎士のようだ。

これもまた、為そうと思っていてもなかなか実践できることではない。

羨ましい。

本当に羨ましい。

そうして、ラインダースは嘴を巡らせ、自らの左翼へと寄せ、先の近くから一尾の羽根を啄《ついば》んだ。

「これを詫びに受け取ってほしい。その美しい軍帽の端にでも刺して頂けるなら、これほど名誉なことはない。誇り高き貴女方には余計な配慮かもしれぬが、その羽根を見れば、彼らの態度も少しは和らぐはずだ」

「……………ありがとう」

ディネルースは心から感謝しつつ、彼の心遣い通りに、熊毛帽の左側面――ダークエルフ族部隊の象徴とした金属製の白銀樹葉の飾りに、彼の羽根をつけた。

天幕に戻ると――

それに真っ先に気づいたのはグスタフで、彼はちょっと驚いた顔をしたあと彼女に頷き、そしてあの茶目っ気のある仕草で片目を閉じてみせた。

「将軍の丘」には、まだやってくる者があった。

視察参加としては、最後の到着者。

彼らは午前七時ごろに到着した。

どこどこと蹄の音と地響きを立て、幾騎ものペルシュロン種が〝駆けて〟きて丘の下で止まり、野戦厩舎に馬を預け、付き従えた部下たちとがいがいわやわやと笑声を含む騒がしい声を立てながら、そのオークは丘を登ってきた。

「我が王！　我が王よ！」

「おお、おお！　来たな！」

驚くべきことに、グスタフはその牡が幕下に到着せぬうちから実に嬉しそうに立ち上がり、彼自ら天幕外へ駆け寄って、固い握手と抱擁を交わし、出迎えた。

王が立ち上がった以上、必然的に天幕内の全員が従う。

「シュヴェーリン、シュヴェーリン、シュヴェーリン！　この悪党！　我が牙！　蹄の音でもう誰かわかったぞ！」

「ふふふ、誰が悪党ですか！　また転びますぞ！　我が王、ご健勝のようで何よりであります！」

「シュヴェーリン、お前も元気そうで良かった！」

オーク族にしても大きな声、大きな体躯だ。

声質は銅鑼《どら》の音のよう。

ディネルースがさっと階級章を読み取ったところ、上級大将。

この国では、元帥位は戦場で要塞を陥落させた者だけに与えられる階級で、現在は誰もいないと聞いているから、つまり現役軍人としては最上位級。その上級大将とて三名しかおらず、そのうちの一頭。

右の眉尻から唇の端まで傷跡があり、そちらの牙が折れていることから、明らかに歴戦の士。

――まさか。

などと思う。

まさか、あの……

「北部軍司令官アロイジウス・シュヴェーリン、ただいま到着致しました」

ざっと敬礼をして名乗る名に、やはりかと、得心する。

周囲と揃って出迎えの敬礼を捧げつつ、ディネルースは驚きもし、運命の悪戯《いたずら》に面白みを感じてもいた。

おやおや。

おやおや、おや。

今日はまるで昔日の回顧会だな――

彼女にさえ、名や風体に聞き覚えがあった。

歴戦も歴戦。

ディネルースは、オーク族の軍勢のなかで絶対に一対一で立ち向かってはならない闘将、もし戦場で相まみえた日には脱兎のごとく逃げろ、そう聞かされた。一二〇年前の、ロザリンド谷で。つまり、もうそんなころから一軍を率いていたオーク。

生きていたとは……

なにしろ、ロザリンド谷の会戦のころは、グスタフなどまだ一兵士だったと彼自身も言っていた。

ふたりの間にいったいどのような一二〇年があったのか、まるで実の親子のように親しそうで――

そして、そのような闘将が、いまでは心の底からグスタフを王として敬しているらしい。

「よう、ゼーベック。まだくたばっておらなんだか、お主」

「残念ながら、な。お主より先に死んでは、悔やんでも悔やみきれん」

「ふふふ、いい加減、貴様秘蔵のワインを全部寄越せ！　ちゃんと遺言してあるんだろうな？」

「誰がそんな遺言残すか……！」

そういえば。

——参謀総長殿も、そうなのよね。

続く軽妙な挨拶の様子に笑いを堪えつつ、ディネルースは往時を思う。

今更ながら、妙な気分になる。

この牡たちと、かつて戦場で相まみえていたのだ。

火打石銃と、銃剣。

まだ槍を携えている者さえいた。

当時の戦の、なんと単純だったことか！

いまでは、最新兵学とやらを彼らから学ばなければならない身になっている。本当に今更ながら、何とも奇妙な立場になってしまったものだ。

シュヴェーリンと各将が挨拶を交わした、その最後。

グスタフは、ディネルースと彼を引き合わせてくれた。

「ほう、貴公がな！　話は聞いておるぞ。うん、うん。たいへんだったな」

「少将。シュヴェーリンは、あのとき君たちを助けた第一七山岳猟兵師団の、平時編成としてはそのずっと上のほうの親玉ということになる。今日は彼の別の隷下部隊が、師団対抗演習の一隊だ」

「我が王。親玉はありゃせんでしょう？　私は山賊か何かですかな？」

「山賊みたいなものじゃないか、この悪党！」

「ふふふふふ！」

なるほど、北部軍と言っていた。

オルクセンの北方といえば、エルフィンドの方角だ。

ディネルースは、丁寧に礼を述べた。

いやいやなになに、儂《わし》は何もしとりゃあせん、などと応じる将軍の屈託のなさに、好感も抱く。

「少将。もし差支えなければ、だが――」

「はい、閣下……？」

「閑なときでよい、ロザリンド渓谷の話を聞かせてくれまいか。あのころの貴公らに何故敗れたのか、細かなところが気になって気になって、この一二〇年、昼と夜しか寝れなんだわい！」

「……ふふふ、ふふふ！　はい、小官などで宜しければ。喜んで」

「そうか、そうか！　いやはや、この歳になってかような経験を得られようとは。ありがたいことじゃて！」

実に楽しい気分だ。

同時に、この老将にして闘将が、彼なりの方法でディネルースの身を気遣ってくれているのだと気づき、舌を巻く。どれほど用兵術や兵器が進化しようとも、他者の心を掴み、盛り立てる術というものは変わらないものだ、そう感嘆する。

ちかごろでは、あれほど見分けさえつかなかった彼らの性格や感情、個性といったものが、少しずつだがわかりかけてもいた。

ようするに、彼らの目を見ればいい。

グスタフ王は、子供のようで。

ゼーベック上級大将は、まるで哲学者。

シュヴェーリン上級大将は、豪放磊落な親父殿。

そんなところだ。

楽しい。本当に楽しい。

振り向くと。

カイト少将とシュタウピッツ少将が、努めてそう振舞っているかのように部下たちと環を作ってこちらへ背を向け、生真面目にあれこれ話し合っているような真似をしていた。

演技だというのは、いささか焦りの色を隠しきれていないのですぐにわかった。

――そういえば、あのふたり。おそらく軍歴からいって、実戦経験はなかったな。

階級章の線の数より、経験の数。

確かにそういった価値観も、軍隊には存在する。

ディネルースは、ますますよい気分になった。

自席である末席へと戻りつつ、だがふと今更ながら、いままでの会話にひっかかる箇所があったことに気づく。

第一七山岳猟兵師団。ベレリアント半島への、エルフィンドへの直近部隊。

上部組織の北部軍。

その隷下部隊が、師団対抗演習の参加部隊？

ヴィルトシュヴァインから北部まで、ここから二五〇キロある。それも直線距離で。

演習の実働開始は昨日。

この闘将、その配下部隊。いったい、どうやって到着したというのだ、この場に？


「赤軍担当、第一擲《てき》弾《だん》兵師団長マントイフェルであります。本日はよろしくお願い致します」

「青軍担当、第七擲弾兵師団長グロスタールであります。こちらこそお手柔らかに」

二名の中将が握手を交わして、それぞれ随行していた幕僚や副官たちとともに、演習場の南部と北部に分かれていく。

第一擲弾兵師団、師団愛称グロース・ヴィルトシュヴァイン。

この首都ヴィルトシュヴァインに衛戍する、言ってみれば首都防衛師団。つまり陸軍最精鋭とされている部隊。この演習では仮想状況として防禦《ぼうぎょ》側の赤軍を担当する。

第七擲弾兵師団、師団愛称ノルデン・イーバー。

北部軍隷下。近代オルクセン国軍が創設されたとき、同時に産声を上げた最古参師団の一つ。この演習では、赤軍が守るべきとされた地域に進攻してきたという想定の、青軍を担当する。

擲弾兵というのは歩兵に対するオルクセン軍独特の呼称で、つまり両者は軍の主兵たる歩兵師団だ。

双方とも全力がこの場に展開しているわけではなく、それぞれ擲弾兵一個旅団に砲兵大隊一個、騎兵中隊一個、工兵中隊一個、師団輜重段列半隊の抽出部隊。

ただし、平時編成ではなく、戦時編成――

当節の軍隊には、そんな区別がある。

軍隊を常備しておくことは国防上必須のことだし、理想から言えばいつでも戦えるようにしておくことは望ましいに違いない。

だが兵員数や編成単位が膨大なものとなってしまった昨今の軍隊でそんなことをしていたら、国防予算はあっという間に干上がってしまうし、軍隊に取られる頭数が他の産業を圧迫して、やがては国家そのものの屋台骨を食いつくしてしまう。

そこでちかごろでは多くの国の軍隊で、戦時に部隊の中核となる将校たちと、基幹の兵数を最低限だけ――おおよそ戦時の半分ほどだけを平時は維持しておいて、いざ事が起きれば兵を動員、補充して完全な状態にする、というやり方が生まれた。

軍事用語で「充足」という（当然というべきか、戦時動員制を採っている国の軍隊でも、近衛兵や国境警護の兵など緊張度の高い隊などには、ふだんから完全充足状態の部隊もまた存在する）。

オルクセンの場合、これに国民皆兵主義による徴兵制という仕組みがのっかっている。

まず、成年に達した牡の国民は誰でも等しく国家への崇高な義務として徴兵され、四年間軍隊に所属して兵隊の訓練を受ける。

そして徴兵期間を終えると市井へ戻るが、そこから更に四年間は予備役兵というものに登録される。

戦時になるとまずこの予備役兵が動員され、軍隊を完全な状態――戦時編成に仕立てあげるというわけだ。

これはデュートネ戦争以降生まれたもので、似たような制度をとっている国は他にもあるものの、オルクセンの場合はより詳細で、精緻で、考え抜かれた仕組みを作り上げていた。

志願による義勇兵を中心にした常備軍制を採っている国も多いが、オルクセンはそのような仕組みをあてにならない制度だと見なしていた。

志願制は国民の教育水準と国家への忠誠心が高い国ならやれ、オルクセンも充分にその対象になりえたが、平時においては兵の数にばらつきが起こりやすく、軍に食い詰め者やならず者といった層が集まりやすくなるという悪弊もあり、徴兵制を採ったのだ。

オルクセンの徴兵制は、如何にして質の高い兵を用意し、また戦時においてこれを動員するか、という制度である――

まず、徴兵はまさしく国民誰もが負う国家への義務にして権利であると考えられていて、他国では当たり前の兵役回避行為――金を払うであるとか、代理を立てるであるといった方法で逃れることは出来ない。

このために、オルクセン国民なら誰もが持っている、現在住まう場所の行政州に登録されている戸籍簿を活用する。

成年の牡はみな徴兵検査という国家による一種の身体測定を受けていて、これにより体力体格、視力や聴覚、更には魔術力の有無などの項目から、軍隊へ属することの向き不向きを診断、測定される。

この段階で、明確に定められた基準のもと、不向きだと判断された者は、軍隊にはとらないことになる。

やはり同様に定められた明確な規定により、既に社会に対して大きく責任を果たしていると思われている国家公務員の特別職者や高度教育関係者、また医学科などの学生も対象外。国家の基盤を維持しつつ、不平等感を生まないための処置だ。

元々徴兵検査で合格とされた者も、国民数に比して軍の総員はそう大した割合ではないから、その全員は引っ張られない。適正の高い者から軍に入る。

そうした上で徴兵を受け、郷土を根拠地とする部隊に入り、兵役期間を終え、予備役兵になると、今度は所属連隊のある場所から移動連絡に二日以上かかる場所には居住してはならない。その範囲内なら居住地を移すことは構わないが、その場合は戸籍簿の現住所項目を必ず変更しなければならなかった。

長期間在所を離れることになる旅行などもご法度。

戦時にはもちろんのこと、予備役兵訓練をやる場合などに軍が出す、戻って来いという命令書――予備役兵召集令状に素早く応じるためだ。

徴兵制のなかでも、郷土部隊方式という。

ここ三〇年ほどの間に確立された仕組みで、すでに予備役兵たちの更に予備、五年間の後備役兵というものに登録されている者も珍しくない。

戦時には自ら軍に志願しようと、退役軍人や兵役経験者が半ば自主的に作り出した、国民義勇兵に所属している者までいる。

上手い制度だ。

毎年毎年、社会には軍隊経験を積んだ者たち――不幸にも戦時となったときの兵隊候補が増え続けるうえに、予備役兵や後備役兵には軍が行う定期的な訓練召集に応じさせることで、最新の兵術や兵器の知識技能を会得できるよう、鍛え直すことも出来る。

今回の演習でいえば、第一擲弾兵師団も第七擲弾兵師団も、演習参加予定隷下部隊に属する予備役兵の動員を、一週間ほど前に実施した。

そうして彼らに被服や装備を与え直し、兵士としての勘を取り戻させるための初歩的錬成をやり、戦時編成状態でこの演習地へとやってきたのである（演習が開かれるからといって、必ずしも予備役兵動員が行われるわけではない。平時における予備役動員は年に二度までと定められていた）。

これだけでも舌を巻くほど上手く出来た制度だったが、ディネルースを驚かせたのはその点ではなかった。

そのように動員された第七擲弾兵師団が、衛戍地であるオルクセン最北部のメルトメア州を出発したのは、昨日だというのだ。

鉄道を用いていた。

非常に精密に運用され、鉄道網も国土に縦横に整備されたオルクセン国有鉄道社が二二両編成の軍隊輸送特別列車を何編成も仕立て、参謀本部兵站局鉄道部と協議しつつ、分単位でこれを運航する時刻表を組み、演習場北部の、複線プラットホームの兵站駅まで持つ引込線へと第七擲弾兵師団抽出部隊を輸送した。

もちろんそこはオルクセンのやることであって抜かりなく、途上各地の駅に併設している食糧保存庫と停車時間とを活用して輸送中の兵に配食を整えるといった、微に入り細を穿った真似までやっている。食わせなければ、オークは耐えられない。

オルクセン軍は、もう二〇年も前から鉄道による軍隊輸送について研究してきた。

国軍参謀本部兵站局局長のカイト少将は、元々は鉄道の専門家で、また彼の下でいま兵站局鉄道部を預かっているヴァレステレーベン大佐も同様だった。

いまでは、研究結果も広範な実績値としてまとめられている。

例えば、だが。

現制度における完全充足の一個擲弾兵師団一万八〇〇〇名を、その保有馬匹四五〇〇頭、輜重馬車四〇〇両、火砲七二門ごと二五〇キロ移動させるには、八両貨車編成の鉄道で四二列車、二二両特別編成貨車で一五列車、最短二日で全部隊移動出来ることが可能であるとわかっていた。

何度も実験を重ねているので、鉄道そのものはもちろん、周辺で起こる諸問題についても判明、解決を図る努力が払われている。

――なんてこと。

ディネルースは慄然としていた
これほど迅速に、これほどの距離を、しかもこれほどの大兵力を移動させうる軍隊は、おそらく世界中どこにもない。他国でも――エルフィンドでさえ軍隊の鉄道輸送は試されているが、もっと児戯めいていた。

振り返ってみれば、いくらでもそこに思い至るための材料はあったのだ。

飢餓への恐怖感から、国土各地に配された食糧庫。

やはり同様の理由から、異常なまでに発達した物流網のうちの一つ、鉄道網。

これに併設されるかたちで設けられている、電信網。

軍の魔術通信網。

練りに練られた、動員制度。

鉄道など、ディネルース自身もその恩恵を受け、この首都へとやってきたのではないか。あのとき、「ただの一度も乗り換えすらない」と感心していたのは、何処の誰だったのか。

なによりも、それらのものを作戦と兵站のために活用する方法ばかり考えている、あの参謀本部という常設巨大組織。

だがそれら一つ一つの事象は、こうやって実際にその成果を目にしなければ、あまりにもエルフィンドや他国とは様子が違っていて、てんでばらばらに頭の中に納まっており、実感を持って結合されていなかったのだ。

グスタフ周囲の側近が、軍人ばかりである理由もようやく理解できた。

この国は。

このオルクセンという国は。

国家が軍隊を動かしているのではない。

軍隊が国家を動かしているのだ。

ディネルースはようやくそれに気づき、全身が震えるほどの衝撃を受けていたが――

直後、まだ理解が足りなかったのだと、思い知らされ、打ちのめされることになる。

「それでは、演習目的事前説明を開始させていただきます」

午前九時五〇分。

「ただし、言うまでもなく、これから広げるものは軍機に属します。一切の他言は無用に」

天幕内に立ち上がったゼーベックが、控えていた兵たちに頷いた。

彼らの手で、天幕中央の机を覆い隠していた天鵞絨の布が外される。

大地図。

歩兵や騎兵、砲兵といった彼我の兵力配置を示す、青と赤に塗り分けられた駒形のもの――兵棋。

指揮棒や製図道具、サイコロ、主要な火砲の効力を一覧にしたもの。

演習統制に必要なものばかりだったが、ディネルースは奇妙な箇所に気づいた。

この演習場の地図などではなかった。

もっと広範なもので、まるで別の場所が描かれている。

オルクセンの北部。

そしてベレリアント半島の南半分。

――これは。

配置された駒の数と規模もまるで合わない。

歩兵大隊が旅団に、師団が軍に。そんな具合に規模が拡大され、仮想のものも配置されて、青軍赤軍の彼我ともにシルヴァン川流域で向き合っていた。

国境部のオルクセン側に配置された兵力は、総じて約五〇万。

――これは。これは……

「本日の演習は、師団対抗演習を利用した鉄道機動実験及び最新戦術実験。そしてこれを補正材料として使用する、国軍参謀本部第六号作戦計画の、第五次修正検討図上演習であります。演習の性質上、師団対抗演習参加部隊には目的を知らせておりません。そちらの統制は、当演習地庁舎に別に置かれた統制部が行います。また、我らの図上演習対抗指揮は、参謀本部庁舎にて騎兵監ツィーテン上級大将及び参謀本部作戦局の一部参謀が担当。全体統制もまた別にそちらにございます――」

言葉を切ったゼーベックは、ほんの少しの間、ちらりとディネルースを見つめ、目を伏せる。

その仕草に、目に浮かんだものに、気遣うような気配があった。

「第六号計画は、皆様ご存じの通り。五年前に策定しました、対エルフィンド侵攻作戦計画です。今回は想定戦域において軍要求の鉄道網六本全てが竣工を終え、また想定敵兵力のうち約七万が諸般の事情により消失したため、大幅な修正が必要と判断致しました。ゆえに本作戦が実施されました暁には、主力軍司令官就任予定のシュヴェーリン上級大将にもご参加いただきました」

――対エルフィンド。

――七万。

それは……

「午前一〇時。それでは、状況を開始致します」

「えらいものを見せられてしまったと、思ってるんじゃないか？」

グスタフが言った。

演習開始が告げられたあと、自身としては何もやることがなく閑《ひま》なのか、天幕外に出て砲隊鏡を覗き込んでいる。

アンダリエル少将付き合えと呼ばれた、ディネルースはこれに従っていた。

既に彼女の配下たちの殆どは、演習地の各所へと散っている。

あの師団長同士が南北に分かれたときにだ。

演習の何処を見るのも自由とされ、希望はあるかと尋ねられ、そのようになっていた。

手元には、旅団参謀長就任予定のイアヴァスリル・アイナリンド中佐と、作戦参謀就任予定のラエルノア・ケレブリン大尉が残っている。彼女たちとディネルースは、この統制部の丘で見分を広めることを選んだ。

「紙の上の戦争《クリーク・シュピール》、というんだ」

軍の実戦部隊に経験を重ねさせ、また司令部にその経験を反映させるには、軍隊を実際に動かしてみるのがいちばんだ。それが演習。

だがそんなことは、頻繁に出来ることではない。

大規模なものとなると、周辺国の警戒も買う。

その警戒を解くためには、各国公使館の駐在武官や、新聞記者たちを受け入れることになるのだが、そうなると今度は秘匿したい戦術、兵器の類が隠せない。

予算もかかる。

そこで、紙の上で戦争をやる。

大地図を広げ、軍の将軍たちを集め、それぞれに軍を率いさせ、競わせる。あるいは軍幹部や参謀たちには見分を広めさせるために見学させる。

机上の空論、現実乖離とならぬよう、用いられる諸元値は過去及び現在、実地で計測したものを使う。

これだけの距離を行軍するには何日かかるか。

一つの戦闘でどれだけ食糧や弾薬を消費するか。

その命中率は。

天候がどれほど影響を及ぼすか。

その他諸々。

なんと不確定要素を再現するため、彼らはその方法まで考案していた。

例えば、射撃戦を展開した場合、その命中率の最大値と最小値の間を六つに区切る。彼我両軍が接触すれば、そこでサイコロを振るう。出た目で選ばれた数値がその仮想戦場での命中率だ――

図上で兵棋を並べる行為はどこの国でもやっていたが、それはもっと児戯めいたもので、現実をそのまま再現するためのものに過ぎず、仮想のものをこれほど大規模化し、詳細を極め、精緻なものは他国にはなかった。

――だが、グスタフ王が言いたいのは、そんなことではあるまい。

「衝撃を受けなかったかと尋ねられれば、嘘になる」

周囲に誰もいないのを確認していたから、そっと平素の言葉遣いでディネルースは答えた。

彼女は、グスタフ王が何を見せたかったのか、正確に理解していた。

参謀本部とは何たるか。

オルクセン国軍がどれほど用意周到な組織なのか。

そして、

「少なくとも、もう五年も前から、貴方たちはエルフィンドを討つつもりだった。深慮と遠謀を巡らせ、その計画を練り続けてきた。そして――その対象には私たちも含まれていた、と」

「そうだ」

砲隊鏡を覗き込む姿勢から起き上がり、まっすぐにディネルースを見つめ、グスタフは頷く。

「私の臣下を辞めたくなったんじゃないか?」

「…………」

「降りるのなら、いまのうちだぞ?」

「…………」

「こう見えて、私は傲慢に他者を見る。手元に置く者を選ぶ」

「……馬鹿にしないでもらいたい」

きっぱりと答えてやった。

この王を、引っ張り倒してやりたくなるほどの怒りがこみ上げている。

「あの程度のことでこの私が――我らダークエルフがへこたれるとでも？」

「…………」

「国家が戦争に備えるのは当然の行為。そして、このオルクセン最大の仮想敵国はエルフィンド。かつて貴方自身が既にそう言ってくれていた。包み隠さず、あの山荘で。そのエルフィンドは、シルヴァン川流域国境線から南には何の興味もなく引き籠ってばかりいるから、決着をつけるには攻め込むしかない。これもまた当然の論理的帰結。そして侵攻計画を練りに練ってきたのなら、私たちダークエルフもいままで仮想敵になっていて当然。なっていなかったのなら、それこそ我らを馬鹿にしているのかと怒り狂うところだ」

「…………」

「王。オーク王。貴方、これは試しているのだな？　我らに武器を与え、軍の一部と成し、本当に白エルフどもと戦う気があるのか。オルクセンとエルフィンド、どちらの側に立つ気なのか。本当にこの国の民になる気があるのかと我らにご下問いただいたわけだ。並の者なら踵《きびす》を返すだろう、確かに」

「…………」

王の表情、態度はまだ崩れない。

彼の思慮はその先にある。

それがわからぬ我らではない、貴方を引っ張り倒したくなっている原因はその先にあるものだと、ディネルースは言葉を紡ぐ。

「これが貴方の気遣い、我らへの気遣いなのだとわかっていないとでも?」

「…………」

「シュヴェーリン上級大将やラインダース少将と私を引き合わせたことも含めて、だ。試した上でなお、我らが旅団編成に奮起邁進すれば、如何なコボルトやドワーフたちと言えども我らを受け入れる。例え我らを内心嘲り道具とみなそうと、安っぽい騎士道精神で同情しようと、我らを受け入れる。この国の一部として受け入れる。貴方が本当に試しているのは、我らではなく軍の高官たちだと気づいていないとでも?」

「…………」

「貴方は我らが降りるとは最初から露ほども思っていない」

「…………」

「そしてそれに気づかぬ我らだとも思ってもいまい。本当に馬鹿にしている」

「……すまん。いや、本当にすまない」

グスタフは、その瞳をまるで子供のようにしょんぼりとさせて、実に呆気なく詫びの言葉を口にした。巨躯が、縮こまってさえ見えた。

「……ふ。ふふふ」

ディネルースは微笑んだ。

勝利を得た気がしている。偉大な勝利。

「貴方、前から言おうと思っていたが。優しすぎる。優しさの発露方法が、他者からわかりにくいほどといってもいい。そこまで相手のことを考えている。一匹の牡としては素晴らしいこと。感謝もしている。でも、王としてはもう少し、堂々とされるがいい。傲慢になるといい。それでも臣下はついてくる。この私もそうだ。こんなものは傲慢のうちに入らない。慈悲深い。深く、深く、底が見えないほど深い」

「……そんなものかな」

「そんなものだ」

確信がある。

あの山中で彼女を見つけ、彼女とその同族を救い出す決意を固めたとき。

この王は半ば勢いで、見捨てられなくなってそれを為したに違いない。

冷静狡猾な王なら、エルフィンド国内エルフ同士の種族間闘争など、どれほど凄惨なものだろうともこれを見捨て、全てのダークエルフを白エルフどもに殺害させ、そうしてからこれを利用し、周辺国に喧伝してしまえばよかったのだ。

――あの場で必要になったのは、生きた我らではなく、私の死体だけで十分だったはずなのだ。

ダークエルフ旅団が、純粋に軍事的要求だけでなく、そのような政治的手段の代替であることまでディネルースは理解していた。

旅団を編成し、これを内外に喧伝すれば。

エルフィンドは、いったいなぜそのようなものがオルクセンに誕生したのか、周辺国にあれこれ言い訳しなければならない羽目に陥る。

エルフィンドという国家が人間族の国々から抱かれている心象である、清廉さ、可憐さ、静謐《せいひつ》さ。神話的色彩を帯びた光輝。そんなものは一気に吹き飛ぶに違いないのだ。

それは我らも望むところ。

そう、望むところなのだ。

もはや我らに白銀樹《ふるさと》はない。

悲しむべきかな、故国だった国こそが世でいちばん憎き相手だ。

そしてグスタフ王はそれを知っている。

あの夜、憤怒と憎悪に燃える我らの姿をまざまざと見て、この国の誰よりもそれを知り抜いている。

そのうえで、降りる選択肢までも提示してくれたのだ。

この新たな生存の地もまた、決して妄想家の抱くような理想郷などではないのだと、包み隠さず見せてくれたのだ。

生き残るためには何でも利用する、悪事も巡らせている、日々爪と牙を研いでいると。

ディネルースには、やはり確信がある。

この王は、降りるかと尋ねた。軍になど入らなくとも、あのヴァルダーベルクの地で平穏につつましく暮らしていくことはできるのだと、我らに掲示したのだ。

この国では農業に従事することも立派に国に尽くすことだ。

牡に兵役はあっても、牝にはない。

降りてもなお、決して彼は我らを見捨てはしないだろう。

性格から言っても、王としての矜持《きょうじ》としても、オルクセンという国からしても。

そのうえで、地獄に付き合う気があるのかと尋ねたのだ。

――糞くらえ。糞くらえだ。

今更なにを。

上等だ。

それが、それこそが我らの望みなのだ。

我らの大願はただ一つ。

矢をつがえ、エルフィンドという得物を射抜くまで歌い続けること――

ディネルースは駄目押しの答えをした。

「それで。我が王」

「うん？」

「この演習、ここからも何か驚くようなものを見せていただけるのでしょうか？」

「……ああ。請け合うよ。我が軍は――君の、君たちの軍は強い。エルフィンドなど一撃で滅ぼしてやれるぞ、少将」

第四章

師団対抗演習

赤軍――第一擲弾兵師団の斥候がやってきた。

南からだ。

統制部天幕の丘から、直接視認で観測できる範囲。

オーク族ばかりで構成された、擲弾兵一個中隊。

他国からは「オルクセンの黒《オークシャン・ブラック》」、国内の民衆からは「黒旗の息子たち」などと呼ばれている、全軍の基調色として統一された黒戎服の集団。

第一擲弾兵師団は、ふだん儀礼部隊的な役割も負っているから、他の師団よりも意匠の細部に華美がある。兵に至るまで全員が軍用兜姿だ。

騎兵はいない。

どこかで別の役目を果たしているのか。あるいは、赤軍はこの観測可能範囲だけに展開を開始しているのではなく、防禦に適した地形を求めて一斉に北上していたから、他の方面に投入されている可能性もある。

一個中隊約二〇〇名の将兵は、なだらかな帯状丘陵を越え、のどかな田舎道といった態の街道を小隊毎に二列または三列の縦隊で進み、その丘下に存在した東と北へ分かれる三差路に到達。

サーベルを振りかざす指揮官の号令のもと、先頭小隊は直進、第二小隊は右へ、第三小隊は左へといった具合にさっと左右に展開して横陣へと延伸。三差路南側にあった、東西に歪《いびつ》なかたちで穿たれた枯れた灌漑路に飛び込んだ。

既存地形を利用した、防御陣地――散兵線の出来上がりである。

兵たちは腰の左後ろに吊っていた円匙《ショベル》を取り出して、灌漑路の底を掘り、北側に盛り付ける。陣地補強。巨体のオークでさえ完全に伏し隠れて射撃できるようになった。

春の陽はすでに降り注いでいて、そこにはまだ冬の気配をひきずる弱々しさがあったものの、軍用兜や、将校のサーベルの鞘がきらきらと反射する。

さざめく波、奔流のような煌めきに見えた。

――速い。

統帥部の丘から双眼鏡を構えていたディネルース・アンダリエルは、舌を巻く。

意外なことのようだが。

オークは、動きが速いのだ。

その巨体のうえに、重量馬の話や、やたらと練りまわした兵站組織の話があるので何か愚鈍な軍隊のような印象があるが。

だが、こと戦術規模の動きとなると、とてつもなく敏捷で、俊敏で、機敏だった。

オークの全身は脂肪などではない。

筋肉の塊だ。

そして強靭な体力と持久力もある。

多少の距離なら、おそらくペルシュロン種あたりの駈歩《かけあし》より速い。重量馬の騎兵部隊など必要ないのではないかと思えるほど。

「オークの嵐《オルクス・シュトルム》」

ディネルースたちの種族は、かつてそう呼んでいた。

他国を侵すとき、五〇〇〇や、八〇〇〇や、果ては一〇〇〇〇にも上る長大重厚縦深な密集隊形を組み、甲冑を着込み、長槍を並べたてて突っ込んでくる様は、まさに大地を荒れ狂う嵐。

「オークの津波《オルクス・ラヴィーネ》」

一二〇年前のロザリンド渓谷の戦いでも同様だった。

既に彼我双方、甲冑を帯びた者は誰もいない時代になっていたが、密集隊形で、軍鼓を叩き鳴らし、マスケットに最初から銃剣を帯び、長槍のようにし、射撃を繰り返しながら、一斉にあの速度で突っ込んでくる様子はまるで変わらなかった。

銃火器を使うようになって、更にタチが悪くなっていただけ。

大地鳴動。地鳴り。地響き。

地獄の釜が開き、這い出てきたかのようなあの音を、いまでも思い出すことができる。

恐怖でしかなかった。

むろん、オークはその巨体そのものも武器だ。

大きな要素であることは間違いない。

だがあの速度が、あの野獣としての俊敏さこそが、オークへの恐怖の正体だったのだと、ディネルースは今更ながら実感している。

その本質は今でも変わらないらしい——

さほど間を置かず、眼下の中隊の本隊及び後衛が到着したのだ。

さきほどの左右展開前進運動を、もっと規模を大きくして、一個大隊による散兵線展開が行われる。

大隊規模となると少しばかり複雑な動きになり、全ての兵力が正面に投入されるわけではない。

大隊本部はあの帯状丘陵の稜線近くに位置し、予備隊にあたると思われる一個中隊も稜線上から麓にかけて運動していた。

擲弾兵大隊に二門配されている大隊砲——五七ミリ山砲も同様。

これは砲口径の点からいってまるで玩具のような兵器で、大きさとしてもエルフの目から見ても児戯のような代物だが、それでも歩兵大隊が二門の砲を自前で有しているという事実は大きい。

小さく纏《まと》められているだけあって機動力もあり、大隊長の思うさまに自隊の直接火力支援に用いることが出来る。

更に二個大隊が到着。

擲弾兵連隊の連隊本部と、七五ミリ野山砲六門の連隊砲中隊も付属している。

彼らも展開をはじめ——

気づけば、あっという間に擲弾兵連隊一個約二〇〇〇名による、横幅東西約八〇〇メートル、予備隊と砲によって五〇〇メートルの深みも与えられた防御陣地が完成してしまった。

懐中時計を取り出し、確認する。最初の中隊到着から、一時間もかかっていなかった。

むろん、ただ横に広がったのではない。

散兵線にあたる大隊二個は、おおむね各一個中隊を後方側面に置いて、これを「援隊」と呼ばれる予備隊兼用の側方防禦に当てている。各中隊もまた、一個小隊ほどを中隊長の手元に置いていた。

この陣地は、なまじ側面から攻撃をしかけても崩せないものになっている、ということだ。

こういった予備兵力は、側方に備えるだけでなく、戦闘が苛烈なものとなったとき前線部隊の補強や、敵を追い詰め逆襲する際にも投入できる。

ディネルースの見るところ、敏捷性だけがこれほど素早い陣地展開を為したのではなく、兵たちへの教育水準の高さも補強材料になっている。

彼らはとくに指揮官の命を待たずとも、自らその配置箇所で円匙《えんぴ》を取り出していた。

穴を掘り、土を盛り、これを繋げて、少なくとも伏し隠れるにおいて頭一つ出すだけで済む浅い壕を作り上げてしまう。各級指揮官の陣地築城命令が下りたときには、これを補強拡大するだけというところまで、自ら持っていく——

この動作もまた、オークの絶大な体力が支えになっている。

他種族の並の兵隊なら、激しく動いたあとならまず一息つきたくなるのが情というもの。

誰しも一度腰を落ち着けたら、腰の水筒にでも手を伸ばし、のんびりしたいものだ。

指揮官も同様だ。彼らの場合更に、情の深い者ほど、部下たちにそうさせてやりたい衝動に襲われる。

だが、よく訓練されたオークたちは違う。

敏捷性、体力。

恐ろしくも今や頼もしい、これらオーク軍の特徴の本質は何も変わっていない。

変わっていないが――

一個連隊で、横幅八〇〇メートルに縦深五〇〇メートルだと?

「旅団長……」

側に控えていた、イアヴァスリル・アイナリンド中佐が呻《うめ》く。

ダークエルフ族に多い、長身、褐色肌、銀髪灰眼の持ち主であって、知的な顔立ちをした、ディネルースの腹心。

故郷では、互いに小娘のころから知己のある、隣村の氏族長だった。

彼女は困惑しきっていた。

「貴女も気づいた?」

「ええ。もちろんです。奴ら……いや、失礼、オルクセン軍は、完全に密集隊形を捨て去っていますな。これでは――」

「そう。もっと大規模な兵力か、騎兵か、砲兵を引っ張ってこないとこれは崩せない。厄介だな」

戦術面での、昨今になって急速に訪れた変化のことを言っていた。

具体的にいえば――

オルクセンの軍隊は、かつてあれほど愛し、自らの強大な体力と相乗させて最大の武器としていた、密集戦闘隊形を完全に過去のものとしていたのだ。

理由は彼女たちにもわかっている。

デュートネ戦争以降、急速に銃器や火砲の威力が発展したからだ。

いまや戦場で肩も触れ合うほどに集まっていては、小銃の長距離弾幕射撃や、火砲の集中直射によって一瞬で固まりごと斃されてしまう。

だから、当節の軍隊は散兵線と呼ばれるものを形成する。

兵士一名あたり、一歩乃至二歩に相当する間隔を取り、横に散らばるように広がる。

さきほどの灌漑路のように、地形や、野戦築城による胸壁、壕なども利用して、伏し隠れ、敵弾に身を晒さないようにもする。

ゆえに、たったの一個連隊規模でこれほど横幅と深みのある防禦線を展開できる。

密集戦闘隊形なら、この半分も展開面積を取れればいいほうだ。

――散兵戦術という。

もちろんオルクセンの軍隊でも、必要が生じた場合にそなえて、密集隊形による射撃法などはいまでも兵に教育してもいた。

だが、もはやそれを積極的に行う気は、更々ない。

縦隊行軍中の姿のままで敵と遭遇した場合など、よほどの事でもなければ実施しない。

オルクセン軍最新の歩兵操典――星暦八七四年度版操典は謳う。

「充分火力を発揚するには散開隊次如くもの無し、密集隊次を用い射撃するは例外とす」

操典だの必携書だの、兵書だのといった類のものにありがちな小難しい文章を用いているが、ようするに射撃戦は散兵線を以て行う、密集隊形によるそれは例外だと否定しているのだ。

散兵戦術自体は、ディネルースたちにはすでに馴染みがあった。

いや、そもそも歴史的にはオルクセンより先にそれを取り込んでいた。

彼女たちは皆が皆魔術通信をやれ、散開も再集合もやりやすく、野戦においてはとくにダークエルフ族がその担い手となり、散兵による狙撃や擾乱射撃を得意技としていた。

一二〇年前には、その戦法で散々にオークの軍勢を打ち破ってやったのだ。

だが当時のそれは火器の威力不足があり、個別の技量に頼る部分が大きく、組織立ってこれほどの規模で実行しているオルクセンとはまた異なったものだった。

「姉様……じゃなかった、旅団長なら、この散兵陣をどうなさいます?」

「参謀長の貴方がそれを聞く?」

ディネルースはくすくすと笑う。

「そうだな……攻めない。繞回《にょうかい》して取り囲むか、迂回で後方を叩く」

冗談めかしてはいたが。

つまり、それほどタチが悪いと言っている。

おまけにこの質問も答えも、軍記物ではあるまいし、具体的に意味のあるものだとは彼女たちも思っていない。

そのような解決法はディネルースが中将や大将の位にでもあり、完全に自由な裁量権を与えられている場合にのみ可能なことであって、例えば同規模の兵力を指揮する身でこの三差路をどうしても奪え、確保しろと命じられていたら。眼下の防禦陣地に直接取り組まざるを得なくなる。

腰の図嚢《ずのう》に納められたこの演習地の地図を取り出し、眺めてみるに、あの三差路はかなり重要だ。演習地のほぼ中央、南寄りに位置していて、北から攻めてくるにも、南から守りにつくにしても街道はあそこでぶつかる。東にも西にも展開しやすい——つまり両軍ともに進撃路にして兵站路としてどうしても確保したい場所。

そして、ここより北には、演習場を東西にやや斜めのかたちで横切る川がある。首都を流れるものに繋がる支流のひとつで、川幅はかなりあった。

北へと延びる街道は、その川にかかる橋を牽制できる場所にある。この丘から視認できる距離で、約八〇〇メートルのところ。

橋のかかる南岸か北岸に陣を張ってもいいが、橋を直接的に防禦に組み込むことは、相手の出方がはっきりしないうちはあまり褒められた真似ではない。そこまでしなくとも、砲はおろか小銃でさえ射程範囲内だから、管制できると踏んだのだろう。

さて、青軍はどうするだろう?

いささか意地の悪い心持ちで眺めていると、この精緻極まる防禦陣地は、昼食の準備を始めていた。

一個連隊当たり合計で大型の物が約二〇両配されている野戦炊事車《フィールド・キッチン》が寄り集まり、前線から五〇〇メートルほど後方にあって、火を焚き始める。炊事の煙が上がって目立たぬよう、小規模な林の枝葉の下に展開し、これを隠蔽する微に入り細に入った配慮もなされていた。

野戦炊事車は、馬車の荷台に竈《かまど》と大鍋や中鍋の幾つかをおさめ、そこから煙突を突き出した見かけをした、まさしく「移動する台所」。

「羨ましい限りの物量だ……」

双眼鏡を覗き込んでいたディネルースが、呆れたような、それでいて舌をまくしかないというような、感服しきった調子で呟く。

「オルクセンの兵隊たちは、シチュー砲《グーラッシュ・カノーネ》と呼んでいるそうです」

イアヴァスリルが応じる。

「シチュー砲、シチュー砲。なるほど、砲兵隊の砲車のように見えなくもない。言い得て妙だな、それは」

まだ殆どの国の軍隊では、小規模部隊単位で展開先に築く鍋釜が主流であることを思うなら、雲泥の差だ。おまけに食にこだわるオークの軍隊らしく構造が精緻なうえ、部隊当たりの数も多かった。

下準備は終えていたのだろう、調理はかなり速い。

いかな野戦炊事車といえども移動しながら調理することは出来ないが、材料缶に下拵《したごしら》えしておいた材料の類を準備しておく、あらかじめ薪《まき》はそなえておくといった、工夫を凝らすことは出来る。

野戦炊事班の輜重兵と、各部隊から派出の受取役がやってきて、巨大な二〇リットル容量のアルミニウム製保温缶へ、シチューらしきものを注ぎ始めた。

保温缶は更なる外容器におさめて背に負えるようになっていて、かなり重そうだが、他種族よりも体力と体格のあるオーク族兵ならひとりで運ぶことも可能で、一挙に料理を前線部隊へと届けることが出来る。兵各自は飯盒《はんごう》でこれを受け取るのだ。

同じ流れで、炊事車の副食窯《かま》から、何か黒い液体も。

コーヒーだ。

見るからに美味そうな湯気が立っている。

匂いまで漂ってくるような気がし、恨めしくさえあった。

このころには陣地予備隊の更に後方から輜重馬車も到着していて、師団の補給隊に属する製パン中隊が朝から三時間かけて焼いた、よく水気を除いて焼き締めた軍用ライ麦パンも配しはじめた。

ライ麦パンは、野戦における兵には一日分の主食として日一度、一挙に供給される規定になっていて、一本まるごとの姿のままだから、まるで鉄道の枕木を荷馬車に積み重ねてやってきたかのような光景だ。

本当は、この製パン配布は朝に行う作業と定められているのだが、流石に間に合わなかったのだろう。

もちろん、後方からやってくる輜重馬車はそれだけではない。軍用馬のために飼葉を積んだものもやってきて、そちらは隊の軍用馬がまとめて繋がれた野戦厩舎へ――

――なんともはや！

いきなり飯の手配とは実にオーク族の軍隊らしかった。

馬鹿にしているのではない。

その充実し配慮と機微に満ちて組織系統立った体制に舌を巻いている。悠長なようにも見えるが、食えるうちに食っておくのはいいことだ。戦場での温食は何よりの贅沢品、士気を高め、継戦能力を維持する。

ディネルースなどは、あの山荘での素晴らしい料理を思い出さずにはいられない。傷つき、荒《すさ》み、衰えた体と心をどれほど癒してくれたことか。

正直なところ、腹が減った。

連日の疲労のうえに、朝何も食わずにヴァルダーベルクを出てきたからだ。

何か言いたげな顔つきをしたイアヴァスリルや、少しばかりそわそわしている作戦参謀のラエルノア・ケレブリン大尉も同じ心持ちらしい。

同意同感の至りだが、誇り高き種族を代表してやってきているのだ、腹が減ったとも言い出せない――

まるで誰かが見計らっていたのかと疑いたくなるほどの間合いで、統制部付きのオークの兵卒がやってきて「御昼食の準備ができました、どうぞこちらへ」と告げてくれたのには、本当に助かった。

「これは、どちらのだ？」

天幕に戻ると、給仕された料理を前にグスタフがゼーベックに尋ねていた。

オーク族の兵が使う、まるで鍋のように巨大な飯盒を、調理匙の如きスプーンでかき混ぜながら何かを確認している。

天幕内は石炭ストーブで温かく、その熱いばかりのねっとりとした心地よさとともに、牛スープのたまらなく良い匂いがしてきた。

はしたなくも、腹が鳴る。

「青軍――第七擲弾兵師団のものと同じものです。流石に配食体制に乗っかるわけにはいきませんから、同じ材料、同じ調理予定を使ってこちらで再現しました」

「そうか。うん、よしよし。タマネギは入ってないな。シュタウピッツ、安心していいぞ。スープは食える」

「ありがたいことで」

辺りに失笑。

既にディネルースは聞かされていたが、コボルト族はその生態として、玉葱や葱は食べられないらしいのだ。好嫌の問題ではなく、種族全体として、貧血やめまい、失神、最悪の場合には死をも引き起こしてしまう成分が含まれているのだという。

だからオルクセン軍は、ここ数年かけ軍の調達配給内容からそれらを外した。

軍全体ではかなりの数になっているコボルト族兵に配慮したのだ。

玉葱や葱は保存野菜として優れていた上に、携行糧食用の乾燥野菜にも加工出来ていたから、実はなかなかの痛手である。しかし調理配食を前線において各種族系統に分けることは、供給体制に負荷がかかりすぎて、事実上不可能。止むを得ぬことだ。

地域や季節においてどうしてもそれらの野菜を供給せざるを得ない場合は、部隊単位で兵配給規定のうちの肉類をコボルトに多めに回せ、などという事になっている。

ディネルースが驚いたのは——

つまり、統制部の連中が、この演習場に展開している兵たちと同じ食事——兵食を摂ろうとしていることだった。

国王。上級大将がふたり。中将や少将。佐官級のエリートたち。

その誰も彼もが、当然のようにしていた。

これが他国の軍隊なら、軍の調理部だけでなく専属のコックなども連れてきて、新鮮な食材をふんだんに使った、豪華な料理を用意させるだろう。

「これは、仕立てはなんだ？　牛脛《すね》か」

「いい出汁《だし》だな」

「うちの息子たちはよい腕をしていますので」

「流石は山賊……！」

「ですから、山賊はないでしょうに⁉」

微笑、失笑、談笑。

粗食に不平を漏らすどころか、楽し気ですらあった。

ディネルースたちの胃袋にも、染みた。

そういえば、この演習場に散った配下たちはちゃんと昼食にありつけたのだろうか。

心配になってそっと確認してみると、各所で視察将校たちにも配食があったらしい。

ありがたいことだ――

幾らか私物の酒類は持ち込まれていた。

オルクセンの誇る白ワイン。赤ワイン。スパークリングワイン《シャウムヴァイン》。ジン。リキュール。輸入物のボトルも見える。

まるで砲兵陣地に並ぶ砲弾のようだ――

「お。出ましたな、我が王お好みのカルヴァドス」

「いいぞ、こいつは」

グスタフ王はシュヴェーリン上級大将へと頷きつつ、とろりとした琥珀色の液体の注がれたグラスを傾けていた。流石に統制部付きの従卒から給仕を受けている。

「グロワールの戦場で覚えられて以来、それ一本槍ですな」

「最高だ、こいつは。そういえば、何本か用意させてある。あとで土産に持って帰れ。私の趣味だけじゃ不満だろうから、キャメロットのブレンデッドも。ちゃんとお前好みの、キャメリッシュ・ブラックバーンだ。一七年もの」

「なんと。ありがたい。いやはや、ありがたい！」

私も火酒《ヴィーナ》をもっと持ってくればよかったか。

この国で、いま少し度数の高いものが手に入るといいのだが、などと思いつつ、琺瑯《ほうろう》製のカップを給仕の兵から一つ貰い、肋骨服の飾紐のうち左脇の一本に仕込み仕立てとなったポケットから、懐中用の金属水筒を取り出し、中身を注ぐ。

火酒は透明だが、水を飲んでいるとは思われない姿だ。

自重しようかとも思っていたが、気にする必要もなさそうだったので遠慮がない。

火酒には鋭さがある。

真冬の銀嶺の、雪解け水のような鋭利。

それがいい。

「お、なんじゃ。黒《シュヴァルツ》殿はいける口か？」

シュヴェーリン上級大将がディネルースの様子を目ざとく見つけ、諧謔に口元を歪ませた。

「ええ、閣下。少しばかり嗜みます」

黒殿とはまた妙な名をつけられたものだな、そっとそう思ってもいる。

エルフィンドでただ一言ダークエルフ族を「黒《デック》」と呼ぶのは、差別用語に近かった。

だが、彼の屈託のなさ、表裏のなさから言って、そうではあるまい、そんなつもりでは決してあるまいとも理解する。

黒はこの国の軍隊を表す色だ。国旗に使われている色でもある。

つまり、かなり好意的表現。

「嗜みます？　シュヴェーリン、騙されるなよ。少将はかなり飲む。おまけに強い。底なしだ。火酒を一本飲み干しても、顔色一つ変わらない」

「なんと。なんと、なんとの難攻不落。そいつは剛毅。なんならうちの配下にこんか？　酒には不自由させんぞ」

「おいおい、シュヴェーリン。少将は私の直属だぞ」

「おおう、そうでしたな。こいつは失礼」

荒くれ者の騎士がやるような芝居がかった仕草で、ディネルースは杯を高く掲げてみせた。

再び天幕内に失笑。

カイト少将やシュタウピッツ少将まで破顔している。

ありがたいことで、ずいぶんと打ち解けてきた。というよりも、幸か不幸かグスタフが彼女の覚悟を固め直してくれたから、ディネルースの側でかなり度胸が座ったというべきか。

それにしても――

オーク族は本当によく食べる。

兵食ですら、味はもちろん高級食堂並とはいかなくとも、量だけはたっぷりとあった。

オルクセン軍が野戦展開においてオーク族兵一名一日当たりに供給すべきと定めているのは、

ライ麦パン　一五〇〇グラム　又は乾パン　一一〇〇グラム
ジャガイモ又は野菜　一五〇〇グラム
豚肉又は加工豚肉　二四〇グラム
牛肉又は加工牛肉又はその他肉類加工肉　二四〇グラム

牛脂又は乾燥野菜　九〇グラム
ソース　三〇グラム
マーマレード又は蜂蜜　四〇〇グラム
ビール　二〇〇ミリリットル　又はワイン　二〇〇ミリリットル　又は火酒　五〇ミリリットル
コーヒー　一六グラム

この他に過酷な環境におかれた者への特別配給として多めのパンや、ジャム、蜂蜜、マーマレード、砂糖の類が出されることもある。

唖然としてしまう量だ。他種族の倍はある。

また食料生産能力及び保存能力が他国よりずっと高いため、他国の軍隊が乾燥野菜を主体にしているところを、ふんだんな生野菜を用いていた。

朝一度に一日分配られ、切り分けて食べることになっている軍隊パン《コミスブロート》など、なんと兵一名当たり一本丸ごとである。兵たちはこれを運ぶための雑嚢——通称「パン籠」を腰に下げているし、切り分けるためのナイフを持ち歩いているのが常だ。

副食は個別に支給されるのではなく、部隊単位で野戦炊事車を使ってシチューやスープの類にしてから配食する。

どうかしているのではないかと言いたくなった。

兵站が異常なまでに発達するはずだ。

調理法をあれこれとまとめた教本もあり、極力工夫を凝らし、飽きのこないように配慮すべしとも推奨されている。

例えば今日が塩スープなら明日は肉シチューといった具合に内容が重複しないようにし、ヴルストが加工肉として支給され、よほど時間的余裕があるときは、これを普段通りスープ類に入れるのではなく別に茹でて配布、特別感を持たせろ、等々。

とくに、栄養価が高く、兵たちも喜ぶ肉類への拘《こだわ》りは尋常ではなく、極力彼らの眼前で切り分けるべし、とされていた。スープ類などにも、そのようにして投入する。士気を盛り上げる手段であったし、また、均等に配給しているのだぞと納得させるためである。

つまり味にも配慮にも拘っている。

だから、グスタフたちも兵食を食べていた。

談笑し、楽し気でさえあったが、実際に味わってみて、吟味する様は真剣であり、ときに漏らされる感想のうち幾つかは舌鋒鋭かった。不平不満などではなく、これもまた視察の一種、将来の改善点なのだ。

「シュタウピッツ。やはり多いか、君には」

「ええ。ありがたいことですが。一食で三日はいけますな」

「カイト。その辺りはどうする？　現場で途方に暮れていることも多いと思うんだが……」

「確かに、問題ではありますが。隊に配された我らやコボルト族の頭数を事前に調べ、供給量を調整するというのはかなり困難です。供給過多ではなく、今度は過小を招く恐れが。全頭数、オーク族であると仮定して配給する現状の仕組みで行くしかありませんな。定数のある野戦憲兵隊の巨狼や、大鷲軍団、あー……それに仮称ダークエルフ旅団のように種族で固まった部隊相手にでもない限り、供給量調整は困難です」

「そうか……そうだな。うん、そうなるだろうな」

「我が王。儂ゃ気の揉みすぎじゃと思うんじゃがな」

「そうかな？」

「ええ。もうちょっと、兵を信じなされ。我が息子たちは、素晴らしい。余れば隊内で分け合う、特配に利用する……そういった具合に、現場で上手く処理している。ドワーフやコボルトが、軍に溶け込む一助にもなっておる。飯やコーヒーを分けてくれる戦友《カメラート》は、たいてい周囲の人気者になるものだ。代わりに、彼らが馬や馬車に乗れないときに抱きかかえてやる、行軍中に背嚢や小銃を持ってやる……そういったことが自然に起こる」

「なるほど……なるほどな。そうだな。現状のままで行こう。ありがとう、シュヴェーリン」

「なんの、なんの」

「ああ、アンダリエル少将。いまの話でおおむね流れはわかったと思うが」

「はい、我が王」

「君の隊の供給量をそのうち定めなければならない。いまは手いっぱいで余裕も無いだろうが、カイトたちと相談の上、君の隊の兵站担当にでも任せて定めてくれ。そうでないと、戦場で一日にパン一本届いて途方に暮れることになるぞ」

「はい、我が王。よろしくお願い致します、カイト少将」

「なんの、こちらこそ」

そのような具合だった。

ディネルースが驚いたのは、この場のような討議をやる際、上下の別や階級差を彼らがあまり気にしないことであった。

まるで風通しがいい。

軍隊という場所では何処の国でも上官への敬意というものが求められるし、封建的社会階級制度がのっかっている場合、とくにそうだ。

平民の兵士は貴族の将校に気軽に口もきけない、そんな軍隊すらあり、むしろそういった国ばかり。

エルフィンドの場合、ダークエルフ族がエルフ族に意見具申をするのはかなり気を遣う行為で、事実上、氏族長にしかやれなかった。

もちろん、この場の場合、グスタフの性格もあるだろう。

だがこれは全オルクセン軍の特徴ともいえた。

彼らは教範にそれを明文化し、定め、むしろ推奨までしている。

オルクセン軍の指揮官用教範である「高級指揮官教令」はその第一項に曰く、

「用兵は一の術にして、科学と魔術力応用を基礎とする自由にしてかつ創造的なる行為なり。指揮官たる者の度量寛容は用兵上至高の条件とす」

つまり、現代の用兵は科学と魔術力の応用により複雑化大規模化する一方であって、自由で創造的にあたらなければならない、そのためには指揮官たる者は狭量であってはならず、部下からの意見具申、進言の類も積極的に耳を傾け取り入れよ、という意味だ。

これを指揮官用教範の第一項——即ち、真っ先に記すことで、最も重要だと強調する部分に挙げている。

兵たちにも、指揮官から下された命令の大目的を理解のうえ、細かな命令を下される前に自主的に目的に合致する判断をすること、何か思いついたら積極的に上官に進言すること、また明らかに異常と思われる命令には反論し討議すべし、それらは兵の権利にして義務である、という教育が施されていた。

おそろしく柔軟で、他国に類を見ない。

とくに兵にまでそれを推奨しているというのは、異常といってもいい。

——訓令戦術《アオフトラークス・タクティック》という。

上官の意図を部下たちは解し、戦闘の状況に合わせ、解決を図る。

六年前に操典化もされ、全軍に取り入れられるようになった。

単一指揮官が逐次全体に指示を下し、部下将兵は否応なくこれに従うという他国や従来の方法とは、根本的に異なるものだ。

オルクセン軍はそのために、軍隊としての規律維持のために必要な習慣上の使用はともかく、過剰な敬礼答礼の強要や、敬称に「閣下」をつけることをやらない。

よほど統治体制や社会制度、国民の国家への忠誠心や義務感に自信がなければ、軍の叛乱や社会身分制度の崩壊をも誘いかねない真似であって、他国には容易に取り入れられないものだった。

あるいは現状の世界では、オルクセンにだけ可能な真似かもしれない。

彼らの根幹は、上下の別なく、種族の別もなく、全ては生存するためという国是だ。

――なるほど。

ディネルースは舌を巻く。

この天幕下の様子もまったくその通りであったし、ラインダースとの紹介の場もそうだった。さきほど目撃した対抗演習部隊の兵、彼らが素早く自主的に陣地構築を始めてしまったことへの納得がある。

これは間違いなく、オルクセン軍の強みの一つ――しかも大きな一つになっていた。


対抗演習部隊両軍の本格的接触は、午後になって始まった。

第七擲弾兵師団――青軍側には、国軍大鷲軍団から一個小隊、三羽の大鷲族が実験的に配されていて、彼らが「空中偵察」を実施したのだ。

眼下の赤軍防禦線の上空にも、それがやってきた。

高度九〇〇メートル強。大鷲たちの感覚でいうところの、「山一つ」。

大鷲が旋回をはじめる。

赤軍は当初それに気づいていなかった。

高度をとって上空を飛ぶ大鷲は、その大きさが目立たなくなってしまうため、ごく一般的な鳥類にも見える。ぽかんと口をあけて空を見上げ続けてもいない限り、そんなものに違和感を抱く者は少ないだろうし、何よりも彼らの意識は防禦正面である北方に向けられていた――

「…………」

ディネルースや、彼女の配下たち、その特徴である尖耳がぴくりと震えた。

上空から魔術通信の気配を感じたのだ。

彼女たちの表現感覚でいえば、「耳を澄ませて」みる。聴覚上ではなく、魔術上の意識を集中させ、直接的に魔術通信の「波」を拾った。

同時にその発生源である春空を見上げ、蒼天に大きく弧を描いて飛翔する、大鷲そのものの姿も見つけていた。

「……タリホー、タリホー」

大鷲のものらしい。

自らの種族の鳴き声を擬音で模した魔術波を放っていた。

「傾注《アハトウンク》せよ。傾注せよ。乳牛《ミルヒ・クー》へ。乳牛へ。こちら青〇三《ブラウ・ドライ》、青〇三。聴こえるか？　送れ」

軍隊が電信による通信にも使っている簡単な暗号の一種、符丁を用いている。

青〇三というのが、あの大鷲の符丁らしかった。

「青〇三、青〇三。こちら乳牛。よく聴こえる、送れ」

魔術通信による返信が戻ってきた。

尖耳への感じ方からいって、ここより北方の地上方向――つまり青軍地上部隊のどれかからだ。

「乳牛、乳牛。こちら青〇三。連隊規模の防禦散兵線を発見した。位置は………あー、地図によればＢＤ《ベルタ・ドーラ》の六《ゼクス》、ＢＤの六だ。送れ」

「青〇三。なるほど……すると南岸の三差路のあたりだな？　送れ」

「乳牛。そうだ……橋へ向かって北を防禦正面にしている。三差路南側に東西一キロ……いやそれほどはないな。一キロ弱の散兵線。後方に予備隊。縦深は防禦正面の半分ほど。あー……砲もある。目立つものは……六門、六門だ。送れ」

「助かる。空中偵察を続けてくれ。乳牛、終わり」

「了解した。青〇三、終わり」

大鷲は大きく弧を描く飛翔を続ける。

なんということだ。

ディネルースは、愕然としていた。

頭では、効果は高い代物だろうと想像は出来ていた。

だが。だが、これほどとは。

――ほぼ正確に、何もかも掴めているではないか！

おそらく軍隊用の、正確な升目を割り振った地図まで用いている。軍用地図には、西から東へＡＡ、ＡＢ、ＡＣ、北から南に〇一、〇二という具合に座標が振ってある。その座標を使ってやり取りしていた。

双眼鏡を構え、大鷲を覗いてみる。

この国の優れた産業品の一つである、野戦双眼鏡の明るい視界は、大鷲の首のところに木枠で出来たなにか妙なものが装着されていることを見てとれた。

なるほど、おそらくあの枠に軍用地図がはめ込まれているのだ。

飛行中の大鷲は、翼や足を極度に傾けることなど出来ないから、そうやって地図を確かめている。

きっとこのような方法一つ一つを生み出すまで、いままで何度も試行錯誤を重ねてきたことだろう。

符丁の使用といい、地図の活用といい、聞き逃さぬようなるべく繰り返す通信方法といい、初めて試すものにしては板につきすぎている。

気づくと、眼下の赤軍防禦陣地で、ちょっとした騒ぎが起こっていた。

将校らが上空を指差し、兵たちがざわめいている。

おそらく、魔術通信波を彼らに属するコボルト通信兵が傍受して、大鷲に気づいたのだ。

明らかに困惑していた。

当然だろう。

軍隊は、地上と地上とで相対するもの。

空を飛ぶものと戦う術など、どのような教本にも存在しない。まだオルクセンにすらなかった。

それでもサーベルを引き抜いた将校が号令をかけ、幾名かの兵が小銃を上空へ向け構えると、パンパンと射撃が始まった。もちろん演習だから、空砲を使っている。

困惑の尾を引きずったままであって、射撃の調子は揃っておらず、てんでんバラバラだ。

しかも――

あれでは当たるまい。

故郷で狩猟を糧としていたディネルースには、確信があった。

誰も彼もが、大鷲そのものを銃口で追っている。あれでは当たらない。地上の獲物でもそうだが、空を飛ぶものなら尚のこと、獲物が進む方向――未来位置を予測して撃たなければ。

しかし、オルクセン軍の立ち直りは早かった。

刻《とき》を追うごとに上空に向かって射撃する兵が増え、射撃音の調子も揃ってくる。

照準の付け方に気づいた者まで出現した。

おそらく彼らの部隊の中にも存在したのであろう、猟師出身の者たちが周囲や上官に何かを喚き、これに頷いた将校がサーベルの向け方を明らかに変えた。未来位置へ突き立て、兵がこれに従い――

「青〇三、青〇三。聴こえるか？　こちら演習統制部」

さきほどまでとは違う声、別の方角からの、魔術通信が飛来した。遠くない。

地上――おそらく赤軍部隊にくっついてきている、演習統制官からだ。

「演習統制部、演習統制部。青〇三、よく聴こえる。送れ」

「青〇三、貴殿には地上からの射撃が命中したと判定した。空中偵察の続行は困難。ただちに現場上空を離脱。出発位置まで戻り、統制部の指示を受けよ。終わり」

「統制部。青〇三、了解した。……次はもう少し高く飛ぶよ。帰投する。終わり」

天心でばさり、ばさりと羽ばたいた大鷲は嘴を巡らせ、北の空へ消えた――

「ねぇ、あなた。そこのあなた」

背後でラエルノア・ケレブリン大尉の声がした。

多少声に甘いものをまぶしながら、手近にいた、統制部警護の擲弾兵に話しかけている。

栗髪、目尻の下がった愛らしさのある顔立ちをしたラエルノアがそんな声を出せば、世のたいていの牡はどんな種族でも参ってしまうだろう。

だが、ディネルースは知っている。

彼女の容貌や声音に騙されてはいけない。

ラエルノアは感覚が鋭く、どんなものでも利用して、ときに奇抜なことも思いつき、獲物を必ず仕留める狩人だった。だから作戦参謀にした。もちろん、エルフィンド軍士官学校で将校教育も受けている。

「はっ。大尉殿。なんでありましょうか……？」

哀れな獲物、そのオーク族の兵は明らかに動揺している。

はぁ、世のなかにこげな綺麗な生き物がおるんだべか。

そんな様子。

「お願いがあるのだけれど。ちょっと、その小銃見せてくれない？」

「それは……しかし、立哨中でありまして……」

「あら。立派ね。偉いわ。じゃあ、その小銃の最大照尺、幾つ？　それを教えてくれればいい」

「は？　はっ、一五〇〇メートルであります」

「そう、ありがとう。行っていいわ」

ラエルノアは戻ってきて、そっとディネルースと参謀長のイアヴァスリル・アイナリンドに囁いた。

「お聞きになりました？　姉様がた」

「ああ。ありがたい。お前も気になったか。あんな上空の大鷲を撃って、命中などという判定を下させた小銃を」

「……噂には聞いていましたし、教本も読みましたが。現物を見るまでは信じられませんでした。オルクセンの小銃は、とんでもない性能をしていますね……」

「最大照尺一五〇〇だと？　飛距離はもう少し、そう、一七〇〇か八〇〇はあるといったところか」

「俄には信じられませんな」

「まったくです」

軍の小銃の、射程距離のことを言っている。

ちかごろではどこの国の軍用銃でもそうだが、小銃には機関部の近くに可動式の「照尺」と呼ばれるものがついている。「表尺」ともいう。

この照尺に刻まれた射距離に合わせて――標的を狙うために覗き込む部分を可動、調整して固定させる。これを銃口部にある照星がぴたりと合うように狙いをつければ、銃の性能内という上限はあるものの、望む射撃距離で命中弾が得られる、というわけだ。

オルクセン陸軍の歩兵操典が、理想的交戦開始距離としているのは一〇〇〇メートル。

これは照尺を調整させ、肉眼で照準できて、兵が射撃し、命中させせえる距離、ということだ（ただし、遠距離であるほど個別の射撃技量で命中させ得る可能性は下がるから、実際には目標距離に対して部隊全体で射撃をすることで「弾幕」を作り出す、という運用になる）。

その時点で、他国より長い。

他国の軍隊はおおむね八〇〇メートルと規定していた。

最大射程――その小銃がもっとも遠くまで弾丸を放つことが可能な距離は、おおむね一〇〇〇メートルあればいいほう、あって一二〇〇メートルだった。

ところがオルクセンの最新小銃――二年前に正式採用された一一ミリ槓桿《こうかん》単発式小銃エアハルトGew《ゲヴエーア》七四は、その最大射程が一七〇〇メートルあるというのだ。

当然ながら、両者が撃ち合った場合、オルクセン側が有利に決まっている。

仮に同じ八〇〇メートルで交戦したとしても、より遠くまで弾丸を飛ばすことの出来る性能を持っている銃のほうが、これ即ち高い貫通力を持っている。

しかもその距離まで間合いをつめるまでに、オルクセンの小銃からは一方的に撃たれてしまうということだ。

オルクセンの誇る高い技術力が、これを成した。

槓桿単発式という形式も含めて、世の殆どの軍隊の小銃が属している後装式小銃――むかしのマスケットのように前から弾丸を突き固めるのではなく、後ろにある機関部から弾丸を込める銃にとって問題となってきたのは、発射時に燃焼する火薬から生じるガスを、構造が複雑なものである機関部が抑えきれないというものだ。

ガスは弾丸を前へ前へと押し出す力そのものであるため、漏れれば漏れるほど運動力を弾丸に伝えきれなくなる。

――エアハルトGew七四は、これを完全に解決した世界初の小銃。

オルクセンへ逃げ延び、部隊編成を始めてから聞かされた通りだった。

きわめて緻密に、弾を込めるために可動はするが構造上の工夫によって隙間がまるでないという精巧な機関部を設計し、おまけにそれをモリム鋼で高精度に加工し製造、製作したという。

しかも、同時に弾薬を改良している。

昨今、世界のほぼ全ての軍で使われている小銃弾は、薬莢《やつきよう》の構造形式や弾体形状に多少の違いはあっても、その口径は概《おおむ》ねどこの国も示し合わせたかのように一一ミリだ。

多少の差はあるが、各国とも技術的試行錯誤の末、あるいは模倣しあい、遅かれ早かれ皆が皆その口径に行き着いた。それが最適な大きさ、というわけだ。

何故か。

軍隊が長い間、弾薬に用いてきた黒色火薬《ブラック・パウダー》は、点火すると一瞬で爆発燃焼するという特性を持っている。

つまり、弾丸にただ一瞬、刹那といっていい瞬間だけに運動力が伝わる。

これ以上弾丸を大きくしても小さくしても、効率が下がり、その運動力が伝わりにくくなるのだ。

だから一一ミリ弾になった。

オルクセンは、この火薬を変えた。

褐色火薬《ブラウン・パウダー》という。

技術的には黒色火薬の延長線上にあるもので、原材料素材には木材ではなく、ライ麦の籾殻《もみがら》を用いていた。

この火薬を用いると、ほんの僅かな差だが、一瞬ではなく粘り強く爆発燃焼が起こる。長く爆発するということは、即ちそれだけ多くの運動力が弾丸に伝わるということ。

そうやって射程距離を伸ばした。

しかも、この褐色火薬のつまった金属製薬莢の先端にある、弾丸の形状を改めていた。

それまで、弾丸はいってみればドングリの実のようなかたちをしていた。

これをより鋭く、先端を尖らせた形状に変えることで、飛翔力を高め、やはり射距離を伸進したのだ。オルクセンでは尖頭弾《スピッツア》と呼んでいる。

弾丸の後ろ、爆発力を受け止める底の部分の形状も改め、従来はただ平たいものだったそれを、絞ったものにした。

銃身の内部、筒の部分、これを小難しく専門用語を使えば銃腔《じゅうこう》というが、ここには弾丸に回転運動を与え、より射距離を伸ばすための溝が刻まれている。

これ自体は以前からあった施条《ライフリング》という技術だが、弾底を絞った形状にすれば、ただその施条により回転力を与えられて飛び出すだけでなく、より飛翔力を高められる。

これもまた射距離を伸ばす要因となる。こちらは形状がまるで船舶の船尾のようなので、船尾弾《ボートテール》と呼ばれることもあった。

それら全て、いってみればそれぞれは今までの技術の延長線上にあるものを、すべて組み合わせたのがＧｅｗ七四という小銃だった。

革新的でありながら、手堅い技術でまとめた銃。

そう表現できる。

火薬については、技術者たちはもっと別のものを本当は目指していたというが――

ともかくも、ディネルースらにしてみれば衝撃的な代物だった。

オルクセンは、こんなものを国内二カ所の造兵廠《しょう》を使い年間一二万丁も生産し、急速にそれまでの制式小銃から置き換えようとしている。

この銃身を短くした、騎兵用や砲兵、工兵用の物も同様だ。

歩兵用の銃身の長い小銃と、用兵上短な銃身に仕上げられた騎兵銃は、撃ち合うと射程距離において後者が劣るため、騎兵銃側が不利になるというのは軍隊にとって常識であるが。

これは、同じ性能土俵上の銃同士が撃ちあった場合の話だ。

Ｇｅｗ七四の騎兵銃版、Ｋａｒ《カラビナー》七四は、元になった小銃の性能が向上しているため、理想的とされる交戦開始距離が八〇〇メートルにまで伸びていた。

つまり、現状他国の歩兵銃と充分に撃ち合え、対抗できてしまう。

ディネルースらが唖然とし、愕然とし、瞠目してしまうのは無理もないことだ――

あの赤軍防禦線を目指し、青軍部隊が南下してきた。

正確に対抗軍の位置、兵力、配置を掴んだのである。戦術上の重要拠点である三差路を目指し、動かない理由は彼らにはなかった。

おまけに、空中偵察で探知されたことを相手も気づいている。

赤軍側が何等かの対処をとってしまわないうちに先制し、進撃し、対処しなければならない——

青軍指揮官は、そのように判断したのだ。

斥候、その本隊、さらに上部部隊というあの展開運動が、青軍側でも行われる。

ただし、彼らの動きは赤軍側より更に巧緻になっていた。

展開兵力が故意に薄い。場所は川向う。

当然、魔術探知及び視認により正面に敵出現と判断した赤軍は、射撃を始めた。対応はかなり早かった。赤軍側の前線指揮官は賢明にも、便利極まる魔術探知だけに頼りきるのではなく、高所や哨兵によって遠方まで警戒にあたるという、従来からの手堅い方法も組み合わせていた。

彼我両軍の距離、一二〇〇メートル。

理想とされる交戦開始距離にはわずかに遠いが、それ以上青軍側、一個大隊規模の兵力が前進してこないため、発砲を開始せざるを得なかった。それでも、Ｇｅｗ七四の性能から言えば一応は射程距離範囲。おまけに砲もある。

号令。

擲弾兵で形成された散兵線が射撃開始。

まずは統制射撃。

装填し、狙いをつけた擲弾兵が、指揮官の号令一下、中隊単位で一挙に射撃する方法だ。

一斉に銃声と白煙が立ち上る。

白煙の量は、褐色火薬の薬莢でも、黒色火薬のそれと見た目上は変わらない。

ぶわっと広がるが、一陣の風でもあればすぐに澄んでしまう。

ただし、濃厚な硝煙の臭いが漂う。

オーク兵たちが愛憎を込めて語るところの、「どんな牝よりも魔性の匂い」。

横幅八〇〇メートルによる、銃弾の雨。

――小銃弾幕射撃。

これが実弾なら、直立している敵がいれば、残らず打ち倒されるであろう。

この強力な弾幕展開を二度実施。

次に、各個独立射撃に移行。

弾を込め、照準をつけ終わった兵から、号令を待たずに撃つ。

空砲とはいえ、予備隊を除く一個連隊もの全力射撃となると、凄まじい迫力だ。

射撃とともに生じる白煙。

その音響。

何もかもを包み込む。演習場近くの村では、耳を塞いでいるものまでいるかもしれない。

「…………」

ディネルースは眉を寄せ、眼下で繰り広げられる狂暴な光景をじっと見つめていた。

「ずいぶん速いな、このままでは……」

演習場全てを圧するかとさえ思える音響にかき消されつつ、イアヴァスリルが呻く。

擲弾兵たちの射撃速度のことだ。

後装式、槓桿単発という構造の銃には、それほどの性能がある。

だがこんな速度で射撃を続けていては、携行弾薬——つまり兵一名一名が携えている弾薬が、たちまち尽きてしまうだろう。流石に撃ち尽くしてしまうとは大仰かもしれないが、それでも大半を使ってしまう。歩兵最大の武器、小銃による射撃火力が失われてしまう。

これを補うには、いまは予備隊位置に控える、弾薬を満載した軍用馬車から予備弾薬を届ける作業を始めなければならないが。オルクセン軍にしては——あの兵站には何事も煩《うるさ》いオルクセン軍にしては、まるでその動きがなかった。

「なんだ、これは……」

「おいおい……いったいどれだけ撃つ気なんだ!」

ついに叫びにも似た調子で、彼女たちは困惑する。

「歩兵装備目録を」

ディネルースが命じ、ラエルノアが軍用鞄から教本を取り出した。

歩兵装備目録。兵隊ひとり当たりが帯びる装備の種類や、帯び方等を記したものだ。

ざっと頁《ページ》を捲《めく》り、擲弾兵一名当たりの携行弾薬数を確認する。

前嚢――腰の革帯の前に二個帯びる弾薬嚢に、三〇発ずつ、計六〇発。

後嚢――やはり革帯の、ただしこちらは後ろにぶら下げる少し大きな弾薬嚢に四〇発ずつ、計八〇発。

――つまり、合計一四〇発の一一ミリ小銃弾。

「馬鹿な」

ディネルースは呻いた。

他国の倍以上だ。

一一ミリ小銃弾は、大きい。重い。

人間族やエルフ族は、携行装具の方式に違いこそあれ、概ね歩兵一名に七〇発を帯びさせる。それが限界だとされていた。

これ以上持たせると、歩兵の機動力の根幹たる行軍に支障をきたす。耐えきれなくなり、倒れてしまう者――落伍者まで出る。

歩兵は、何処の国においても過酷な兵種だ。弾薬だけを帯びていくのではない。

携行糧食。水筒。背嚢。雑嚢。個人天幕。円匙。外套。応急処置用医薬品、そして何よりも、小銃――そんなもの全てを携え、己が二本の脚で歩いていく。

そんな彼らに現状以上の携行弾薬を増やすには、何か技術革新が起きて、銃弾の大きさそのものが小さなものにでも変わらない限り無理だと、各国揃って判断していた。戦時において戦場の応急的処置として規定以上に携えることはあっても、日常的に定数を増やす行為は不可能に近い、と。

エルフ族には人間族より強靭な体力があったが、体格はオークほどではない。判断結果はやはり同様。

――だが、オルクセンの携行弾薬数は、その倍以上。

理由についてはすぐに察しがついた。

オークだから、だ。

オーク族の巨体、馬鹿力、持久力。

あの身も震えるようなオーク族の軍隊による恐怖の根源を、現代の彼らはそんなところに用いていた。

これには、兵站上の利点もあるらしい。

つまり、参謀本部兵站局の意図も存在している。

ただでさえ大飯食らいのオーク族だ。当然ながら食糧輸送の点において軍の輜重隊に大きな負担をかけている。

ならば。

他国なら、兵に定数七〇発、後方の弾薬段列に定数二回分一四〇発と運ばせている弾薬を、最初から兵に持たせてしまえばいいのではないか。我らには、我らにだけは、それがやれる。

例え一部だけでも、そのぶん、段列の負担を軽くすることができる――

発想の逆転だった。

もっとも、ディネルースたちが読み取れた気になっているほど、携行弾薬の増加についてはあっさりと採用された方針でもなかった。

むしろ紆余曲折があった。

兵一名一名に多くの弾を持たすと、あっという間にそれを撃ち尽くしてしまい、むしろ却って後方兵站に負担をかけてしまうのではないか。当初、そんな反対も起こったのだ。

そこでオルクセン軍は、ここに至るまでの過程で何度も実験をやった。

今まで通り七〇発持たせた兵と、一四〇発持たせた兵を演習で撃たせて、その射撃数が増加するかどうか検証したのだ。

すると――

概ねどちらの場合も、たとえどれほど周囲から迅速かつ盛大な射撃をしているように見えたとしても、一つの戦闘で槓桿式単発小銃を備えた兵一頭当たりが撃ってしまう弾の数は一〇発が最大値、という結果が出たのだ。

平均値なら七発くらいだった。

それでも、仮に一個連隊二〇〇〇名が一斉射撃したと想定した場合、約二万発撃っている。兵個々の射撃量ではなく、集団としての火力で相手を圧倒している。

これは携行弾薬数に影響されなかった。当節における想定戦闘経過時間が、概ねその辺りで終結を迎えてしまうからであった。

つまり、これならどれだけ多く弾を持っていようが、七〇発と規定された量に充分収まっている。

たとえ補給なしに何度も戦闘をこなしたとしても、何とかなる――

むしろ弾切れを起こさないほうがいいに決まっている。

操典に定めた、軍の戦術方針にも合致した。

「歩兵戦闘は火力を以て決戦するを常とす」

「突撃は敵兵既に去りたるか、もしくは僅かに防止したる陣地に向かうに過ぎず」

オークたちは、彼らがかつてあれほど愛した、肉弾による突撃を否定していた。

きっぱりと否定しきっていた。

新たな時代。新たな技術。新たな戦術。

――我らの牙は、火力。

――我らの盾は、火力。

そう言っているのだ。

もちろん、これは歩兵のみならず、他の兵科である砲兵や騎兵なども同様。

眼下では、あの精巧にして高性能極まる五七ミリ山砲や七五ミリ野山砲もまた、全力砲撃を行っていた。

どちらの砲も、まず「試射」と呼ばれる射撃をして、これを元に狙いを修正、更に射撃、また修正といった「修正射」を繰り返し、概ね三発目から四発目で全力射撃――「効力射」という流れ。

大隊砲である五七ミリ山砲は、あの玩具じみた大きさのもので、砲架の後部、鳥の尾っぽのようにつんとつきあがった形状をして地面にお尻をつける部分「架尾」の底に、農機具の鋤《すき》板のようなものが備わっている。

事前に穴を掘り、この鋤板のようなもの「駐鋤」を埋め込んでおくと、反動を抑え込んで、後ろに下がったりしない。

砲弾も小さな小さな代物であって、装填に手間がかからない。

また、砲そのものの成りも小柄であるため、方向転換や、多少の移動等の際、規定上は四名で動かすことになっているものの、力のあるオーク族は一名で動かしてしまうことすらある。

これは人間族やエルフ族にもその気になれば可能なほどで、つまりそれほど機動性に富んだ砲なのだ。威力はもちろんそれなりだが、かなり速く撃てた。

七五ミリ野山砲は、これよりずっと大きな火砲だ。

各種砲弾を収めた弾薬車も含め、六頭の馬で牽引する。操作にも六名を要するほど。

こちらは、発砲のたびに反動により後退する。

これを元の位置に戻し、再び射撃姿勢にすることが射撃時における砲兵のもっとも困難な任務。素早く元の射撃位置に戻すことが、これ即ち射撃速度に直結する。

熟練した砲兵なら、それでも毎分最大七発を撃つ。通常は一分間に三発ほど。

状況が許せば、砲の後ろに土を盛り、発射するとそこに砲車が乗りあがって、元へと戻っていくように陣地を作ることが望ましいとされている。

射撃距離は概ね二五〇〇メートルから三〇〇〇メートル。

最大射程はその倍はあるのだが、その距離で撃つことはよほど大きな目標――要塞相手でもない限り、滅多に起こらないとされていた。

最大射程五〇〇〇メートルとなると、地平線付近となる。

そこまで距離が開いてしまうと、当然ながら観測は容易ではない。

また星欧大陸には平野部が多いと一口で言っても、実際にはその平野には起伏があり、森があり、街などがある。すると殆どの場所で直接視認できる距離は五〇〇〇メートルもいかない。

これは砲兵たちにとっても痛し痒《かゆ》しといった問題で、あまりに急速な火砲の発達に対し、光学機器その他を用いた観測手段と、通信連絡の技術技法が追いついていないのだ。

砲兵たちが直接に視認し観測できる範囲のものを撃つ射撃法、いわゆる直接射撃が主流である以上、致し方ない——そう思われている。

観測班を前進させるか高所に上げて、その観測結果を砲列に伝え間接的に射撃する方法——間接射撃もあったが、そちらは自前の通信隊まで持った砲兵大隊でもなければ、そうそうに行えない真似だった。

砲兵は戦場の王と、俗に言う。

その全力射撃は殷々《いんいん》と木霊《こだま》し、響き、空気を圧し、相対する者から論理的思考など奪い去ってしまうかのようだ。

——それでも。

ディネルースは、眉を寄せ、目を細め、軽く下唇を舐めながら、冷静に考え込んでいる。

元より野性的な美しさのある彼女がそのような顔をすると、獰猛にして沈着な狩人そのもの。

オルクセン軍の数々の革新的制度や技術に一度にずいぶんたくさん接したため、妙に冷めてしまい、眼下に広がる鉄の暴力を己ならどう攻めたものかと、思考の転換ができる余裕が生まれていた。

オルクセン軍にはずいぶんと感心し、感服もし、学ばなければならないことばかりである点は認めるが、全てを模倣できるわけではないことにも彼女は気づいていた。小銃弾の携行弾数など、その最たるものだ。我らは我らなりの方法で、そういう目で見ている。

双眼鏡を青軍側に巡らせる。

川向う、一キロ弱先で、同地に存在した放牧地の石垣を利用して展開した彼ら。

撃ち返してはいるものの、妙に動きがない。

魔術探索の波を飛ばしてみるが、後続する部隊の気配もなかった。

——何か企んでいるな。

そうとしか思えなかった。


このような極めて近代化された軍を打ち破る方法は、それでも幾つか存在した。

もっと大規模な火力や兵力をぶつけるか、回り込むか、だ。

ディネルースは正しい。

戦術における原則は、時代が移ろい変わっても、根幹部分において連綿と引き継がれている。

極論から言ってしまえば。戦場における勝敗とは、例えどのような兵器を使うようになったとしても、相手側の兵力を無力化できるかどうか、なのだ。大別すれば、直接的に敵を叩くか、間接的に叩くか、である。

そのための手練手管が増えていく一方であり、複雑になり、広範囲になり、大規模化しているだけだった。

赤軍に対し、その兵力や配置を正確に掴みながら、ややそれより劣る兵力を投入したように見える青軍の動きは、陽動だった。

彼らの主力はこの場所よりずっと東方六キロにある地点から、演習場を東西に流れる河川に、工兵隊により橋を架けさせ、大きく後方に回り込んでしまったのだ。

川幅は広く、地形上、完全な障害であって、そのような真似は不可能だと赤軍側は判断していた場所だ。

また赤軍側は演習開始早々に騎兵中隊を使って、他の渡河点である橋を一つだけ残して「焼いて」しまっていたので、この統制部眼下の防禦陣地を攻めるしか青軍には手段がない、赤軍指揮官はそう思い込んでいた。ただ一つ残った橋から続く街道は、この三差路につながっていたからである。

――橋を架ける。

簡単に言ってくれるな、そのように思える行為である。

だが昨今では、すでにそれを短期間で行う工学技術的手段が登場していた。

浮橋《ポンツーン》という。

ざっくりと言ってしまえば、何隻かの小舟を横に並べてつなぎあわせ、それに橋床に相当する板を乗せる。これで一つの艀が出来る。この艀をいくつかつなぎ合わせていくと文字通り川面に浮いた状態の橋、浮橋が出来上がる、という方法だ。

浮橋という存在自体は、デュートネ戦争より以前でさえ萌芽があった。

だが現代の工兵隊は、このために必要な資材、架橋材料と呼ばれるものを規格化もやり、常に備えておくところまで進んでいる。

オルクセンの軍制では、擲弾兵師団の隷下には、工兵大隊とは別に、同じ工兵科で運用される架橋縦列と呼ばれる組織がぶら下がっていた。八三名の架橋小隊四つからなり、架橋材料大小を備え、敷設作業を担える。

だが赤軍側は、この浮橋架橋も無理だろうと判断していた。

この工兵作業を行うには、川なら何処でもいいというわけではない。

ある程度流れが緩やかで、それでいて常備機材で架けられるだけの川幅の範囲でなければならない。

これは河川という自然環境のなかでは相反する条件であって（川は、川幅が広いほど流れが緩やかである）、そう多くの場所が該当するわけではなかった。

赤軍――第一擲弾兵師団は首都駐屯の部隊だけに、この演習場を知り抜いていた。

浮橋による架橋可能箇所は一か所しかない。

そしてその場所は街道からあまりにも大きく離れているため、架橋材料の馬車運搬ができない。川岸であるがゆえに大地が常にぬかるんでおり、重量馬車は埋まってしまう。そう判断していたのだ。

青軍である第七擲弾兵師団は、これを力技で解決した。

工兵だけでなく、擲弾兵まで投入して、架橋材料を延々と手作業で約八〇〇メートル引きずっていったのである。組み立てるのも、工兵に指導を受けさせながら擲弾兵も加えている。

彼らの大半は農家や酪農家出身で、力作業にも泥濘《でいねい》にも慣れていた。

そして、穀類の作付け種類に乏しい北方地帯の兵ゆえ、粗食にも。

「パン籠」に携行糧食を規定の倍ほど詰め込み、その唖然とするしかない作業を夕刻までにやり遂げてしまったのだ。

彼らはそのまま、大きく赤軍想定の戦場域を繞回《にょうかい》運動。

側面から敵陣を突こうとしていた。

赤軍側は相手意図に気づき、司令部が大恐慌に陥っていたところ。

なにしろ彼らは主力の半分を三差路防禦陣地につぎ込んでしまっている――

因みに。

やや小難しい話になるが、オルクセン軍の規定によれば、「迂回」運動と「繞回」運動は異なる。

軍の集団が回り込むような運動戦を展開するという点ではよく似てはいるが、非なるものである。

繞回運動とは、今回のように戦術上の目的達成のために行われるもの。

一方の迂回運動とは、もっと大規模に、長距離を移動する戦略的なものを指す。

この想定状況でいえば、橋を渡ったあと陣地を叩くのではなく、もっと後方で退却路を塞いでしまうであるとか、更にずっと後方の兵站拠点を叩くであるとか。そういった戦略的色彩を帯びた場合の運動のことだ。

「北の兵は強いなぁ……」

いつの間にか天幕外に出ていたグスタフがやってきて、ディネルースたちにも戦況を教えてくれた。丘から遠く東方を見つめている。

演習地があまりに広いため、また森や起伏もあり、件の川は見えたが、架橋された浮橋や繞回機動中の青軍は見えない。

だが、もう結果は出てしまったようなものだ。

「なにを仰いますやら。王も北の生まれでしょうに。今回は大鷲に助けられた点も多いですし」

これはグスタフ王に伴われていた、シュヴェーリン上級大将の応え。

「王。我が王よ。王や参謀本部は、儂に言わせれば兵站を気にしすぎなんですな。兵たちには、元より二日分の携行口糧がある。これと銃と弾丸、少しばかり医薬品があれば、どこにでも行けるんですわ。何しろ儂らは、一発や二発鉄砲玉が当たったところで死なん」

「……うん」

「街道。鉄道。そりゃ便利ですがな。使えなくなるとき、それに、無理をどうしてもやらにゃならんときというのはあります。むろん、ご配慮には何よりも感謝しております。無茶が通るのが、二日。どれほど引っ張っても四日というところでしょう。それを、前線を預かる儂らが忘れちゃならん、それだけのことです。あまり太く長く尾っぽを引きずったままでは運動を阻害します」

「尾っぽを引きずる」とは、オルクセン式表現での「枝に絡まる」だった。

シュヴェーリンの言い分はこうだ。

街道から逸れた架橋、繞回運動は確かに無茶だ。

だが、彼らは夜襲をも躊躇わずに運動を続行、赤軍側に立ち直る隙を与えず、赤軍陣地を側面及び後方からこれを叩き、奪取してしまうだろう。

即ち、橋も三差路も青軍側の手に落ちる。交通基盤を手中に収めれば、補給兵站は追送で間に合う

――

ひとつの道理ではあった。

軍事行動は、ときにそんな無茶も要求される。

オーク族の強靭な体力を利用した運動戦はオルクセン軍の伝統的戦闘法でもあり、火力戦とともに重視するところ。

古くから軍を指揮するシュヴェーリンにとっては、敬愛もする王や参謀本部の掲げる兵站への高い理想はやや愚鈍に過ぎ、どうしても「尾っぽ」だと思える部分があった――

「同意はする。我らとて兵站の何もかもが完璧だとははなから思ってもいない。生き物のやることに完璧などない。だがな、だからこそ……」

何を嗅ぎつけたのか、王は鼻をひくつかせていた。

すでに夕闇の気配が東方に訪れはじめている空を見上げた彼は、あちらを見回し、こちらを眺め、そうしてぼそりと言った。

「シュヴェーリン、これは……明日は雨になるぞ」

「……なんですと」

第五章

雨にとなえば

グスタフ・ファルケンハインの言葉通りだった。

大鷲軍団からの天候予測も届き、アネロイド式気圧計の指針は下降を示した。そして夜半より、演習地を含む首都周辺に雨雲が西方から訪れ、降雨が始まった。

気温も一気に低下。真冬へと逆戻りしたかのようだ。

しかも雨脚は強かった。

星欧大陸の土壌の大部分は、総じて細かな砂状の風積土が折り重なって出来上がったもので、一度雨が降ると泥濘になりやすい。

そのぶん河川の水分が地中深くに広く浸透しており、肥沃で、基本的には灌漑がなくとも作物が育つという利点もあったが、軍隊にとっては最悪だった。

演習地でもそれが起こった。

長い年月をかけて踏み固められた、あるいは石畳で舗装の施された街道から少しでも逸れると、歩兵でさえ足をとられる。重量のある騎兵や、軍用馬車なら何をかいわんや、である――

ダークエルフ旅団で兵站を担当するリア・エフィルディス大尉は、演習場北部の青軍兵站拠点たる、軍用鉄道引込線の駅舎を訪れていた。

肩丈までの亜麻色の髪。

栗色の瞳。

彼女の属する種族のなかでは、少しばかり背丈が低い。

前日は、演習地兵舎近くにある赤軍側兵站拠点を見せてもらった。

オルクセン軍の兵站拠点は実に整然としていて、とくにその管理手法には目を瞠《みは》るものがあり、ずいぶんと勉強になった。

ただ、どこの国の演習でも起こる、演習ゆえのそつのなさというものも感じられて、その点が不満ではあった。

北側――青軍側拠点のほうが面白いものが見られるかもしれないと勧めてくれたのは、案内役を務めてくれたオルクセン国軍将校だ。

――ああ、あちらは色々混乱もあるかもしれませんね。ええ、なにしろ北部から長距離をやってきて、鉄道からの荷下ろし、集積、管理、追送というところからやっていますから。ご希望でしたら、手配しましょうか？

リアは、ありがたくそれを受けることにした。

前日夕刻前に、赤軍側を出発。

乗馬を巡らせて演習地縁の統制部指定連絡路を行き、夕闇が迫る前には青軍側兵站駅に着いた。

そのころまだ降雨は訪れておらず、むしろ昼間のうちに乾いた大地を騎行したため、顔も軍装もすっかり土埃にまみれてしまっている。

オルクセン軍の将校は、青軍側でも親切だった。兵站基地の責任者であるオーク族の少佐は、彼女を温かく迎えてくれた。

——なんと、そりゃたいへんだ。お疲れ様です、すぐに夕飯と仮宿舎の用意をさせましょう。なんですと、携行食をご持参？　いえいえ、ご心配なく、ここは兵站駅ですぞ。街の食堂並とはいきませんが、一食くらいどうとでもなりますよ。駅舎にひとつ、部屋が空いております。今夜はそちらにお泊りいただければ。おいそこの兵卒、お部屋に水盆を。湯にしてな。大尉は戦塵にまみれておられる……

格別の配慮として、個室まで用意してくれたほどだ。

食堂並とはいかない、というのは謙遜だったのではないか。リアにはそのように感じられた、充分に立派な夕食も調えてくれた。

軍用ライ麦パンが呆れるほどの量。

リンゴ入りのラード。

茹でたヴルストが二本。大振りなキュウリのピクルスがたくさん。

戦地加給食の、燕麦のスープ。

コーヒーと、赤ワインもたっぷり。

元々オルクセンでは、日の三食のうち昼食をいちばん多く摂る。

夕食はそれより少なく質素なもので、軍の日常給食ではスープ類をつけない「冷食」と呼ばれる形態になっていた。

これはエルフィンドの習慣とは真逆であって、この国に来た当初は若干の戸惑いもあったものの、いまではすっかり慣れた。

残念だったことといえば、あのまま赤軍側拠点にいればそちらで宿泊する予定になっていた旅団長ディネルースたちと合流でき、夕食や朝食、歓談をともに出来たであろうことぐらいか。

夜、眠りに就く前、遠く雷鳴のようなものが聞こえた。

窓外に閃光の気配もある。南のほうだ。

天候がそこまで悪化したのかと思ったが、どうやら照明弾らしい。

よほど緊迫した想定戦場があるのか、演習は夜になっても続いていたのだ。

実は、平然と、しかも降雨下において夜戦がやれるというのは、人間族諸国家の軍隊からすればその一事を以てしても大変な脅威だったのだが、リアはさほど不思議には思わなかった。

オーク族も、ダークエルフ族も夜目が利く。

戦況が緊迫しているなら当然のこと、その程度にしか感想はなかった。

翌朝視察を始めた青軍側兵站拠点には、確かに赤軍側にはない混乱と疲労と喧噪とがあった。どうも、夜半のうちにそれが深まったらしい。雨が降り始めたからだ。

兵站駅は立派だった。

駅舎そのものこそ簡素であったが、三つも屋根つきのプラットホーム《バーンシュタイク》がある。レンガ材をコンクリートで包み込むようにして造り上げた構造だ。

リアを感心させたのは、そのうちの一つ、駅舎と反対側、三本のうち端にあって貨物用とされたホームの大部分が、非常に高さがあるように設計されていたことだ。

ちょうど、貨車の床面と同じ高さである。

つまり、とても荷積みと荷下ろしがしやすい。このホームは、巨大な扉をもった幾つもの貨物庫に隣り合わせていて、そちらの床面まで高さは同じ。荷は直接搬入搬出できる。そしてこれは――

軍用輜重《しちょう》馬車の荷台床面と、同じ高さなのだ。

倉庫の反対側には、やはり巨大な扉による搬出口があって、輜重馬車の荷台にそのまま荷役者の負担少なく荷物を載せることが可能だ。

一度目にしてしまえば極めて単純なことだが、これほど効率のよいことはない。

無蓋《むがい》の平貨車に載せられてきた火砲は、そのまま横へ出すことだって出来る。

こんな駅舎は、エルフィンドでは見たこともない。

大したものだと感心した。

この構造は赤軍側の兵站駅にもあって、つまりオルクセンは何処でもこのような真似をしているらしい。

信じられないことに、これは兵站拠点駅としては小規模であり、軍団規模ともなると貨物用ホームは複数とり、その造りもホームの並びから変えるという。

兵站将校必携を見ると、野戦においてもそのような構築をするのが望ましいとあった。鉄道路線の任意の点に、兵站駅をいちから作り上げる場合だ。

どうやってそんな真似をするのだと首を傾げ、頁をめくると、これもまた極めて単純な方法であった。まず予定地の土を均《なら》し、鉄道隊に予備の鉄路用砕石と枕木を運ばせて、それを固め、積み上げ、床板を敷いて組み上げるのだそうだ。

可搬式傾斜路というものもあった。

これは、いってみれば木製の滑り台。

どこもかしこもこれほどプラットホームの高さを確保できるわけではないから、この巨大な滑り台を横づけして、荷を下ろす。

重い火砲などどうするのかと思えば、この場合、起重機車を配して下ろすのだという。

倉庫の搬出口側を見せてもらうと、これほど早朝だというのにもう何両もの軍用輜重馬車が並んでいた。

何処か、大規模な常設市場を思わせる光景だ。

砲弾や銃弾といった物騒な代物もあるが、小麦粉やライ麦粉、生野菜などの食料も扱うから、あながち間違った見方とも言えないだろう。

荷役を担う輜重兵たちの喧噪。

軍馬のいななきと、白い呼気。

荷台や車輪、板バネの軋《きし》み——

オルクセン軍の輜重部隊には、一・五トンの積載量がある四頭曳き重輜重馬車と、一トンの積載量の二頭曳き軽輜重馬車の二種類がある。

そのどちらも前後輪それぞれの車輪の大きさや、荷台床面の高さは同じ。

つまり、そんなところまで考えて規格化されていた。

車体の長さが違うだけで、馭者台や前車輪、後車輪、板バネ、車軸、そういったものの多くが共有可能なように作られている。

つまり、故障車両が生じたとしても、修理が容易なのだ。

そしてこれは、輜重馬車の設計及び部品をもとに製作され軍に配されている、重野戦炊事車や軽野戦炊事車も同様である。

更にいえば、軍で使い古された軍用荷馬車は非常に低価格で民間に払い下げられているから、農家などが使う馬車もこれらの型が多い。

すると、何が起こるか。

小規模に営まれている街の馬車修理工、鍛冶工などに、軍規格の修理部品や予備部品がふんだんに存在するのだ。もちろん、扱い慣れている者も。ついには民需向け馬車を製造販売する企業もこれに乗っかり、ほぼ同じような製品を送り出しているから——

これらはもし不幸にして国内が戦場となったとき、貴重な調達対象にもなる。

——なんともはや！

軍隊が使う馬車の規格化という発想は、もうずっと以前からあるが、ここまで他の過程との兼ね合いをも考慮し、徹底して行っている国も珍しい。

兵站担当のリアにはそれがよくわかる。

現場の労苦も軽減できるなら、後方にあって会計上の処理を行う際にもたいへん楽だ。荷物別の積載量が簡単に出せるし、これはつまり、例えば三〇トンのライ麦粉を運ぶ、そういったとき何両の馬車が必要か、そんな答えが迅速に求められるということでもある。

兵站作業には、軍用馬車自体の予備品を手配することも含まれるが、これもまた容易になる。

前輪なら前輪、後輪なら後輪。板バネ。車軸。

それがあちらの馬車はA、こちらの馬車にはBと何種類も軍に存在したら、それぞれを運搬、集積、管理しなければならなくなる。実際に修理を行う野戦馬車廠なども苦労の連続になるだろう。そういった心配のないことが、どれほど素晴らしいことか！

規格化は、兵站物資そのものにも及んでいた。

食糧、弾薬、医薬品……これら物資のそれぞれが、極力同じ大きさの木箱や叺《かます》に納められている。叺の大きさはもちろんのこと、木箱も板厚まで揃えられていて、一五ミリか二〇ミリ。

後者は、弾薬箱などの重量物運搬用である。

僅か五ミリの差が、八割増しの強度を生むと、これは工学的に検証まで為されていた。

これら木箱は補給先で解体することも出来たし、再利用することも可能だ。野戦炊事車の薪になることが多いという。

二〇ミリ厚のほうは、馬車の荷台床にすることだって出来た。

まったく配慮が微に入り細に入っている。もちろん、兵站拠点へと引き返してくる軍用馬車が空き箱を回収していってもいい。

兵站倉庫には、手押し軽便軌条もあった。これもまた作業効率を上げるためのもの。

「そーれ、そーれ！」

掛け声が響き、木箱を載せた軽貨車を押す輜重兵たち。

リアは邪魔にならないよう気遣いながら、端からこれを見学した。

オルクセン軍輜重科には、コボルト族の兵が多い。

むろんオーク族の兵もいて、力仕事を要する場所は彼らが引き受けるようだが、輜重馬車の馭者役にコボルト兵の姿がとくに目立つ。

種族全体が高い魔術力をそなえたダークエルフ族からすれば意外なことだが、コボルト族はその全てが魔術力を持っているわけではなく、そういった魔術力の低い者たちが配されている。

理由は幾つかあった。

ひとつには、歴史的に彼らの種族の多くが商業及び金融業を営んできたこと。

デュートネ戦争当時は、オルクセン国内のコボルトたちが経営する商社に、多くの兵站業務が委託された。今でも連隊単位で契約され出入りしている兵士向け売店――酒保の殆どを営むのも彼らだった。

またひとつには、彼らの種族がそのような歴史的背景の結果、非常に識字率が高く、経理会計に要する数学や簿記も得意としていたこと。

種族の習慣として、国家制義務教育の入学を迎える年齢以前から家庭教師を雇い子弟を教育することは、いまだ彼らのなかで一般的なものだ。

また、国内においてオークに次ぐ頭数を誇るのは、彼らコボルト族であること。徴兵対象者の重要な構成層である。

そして――

ここでも、オーク族の巨体が理由に関わっている。

体重の大きなオークたちが輜重馬車の馭者を務めると、彼らの重量そのものが輜重馬車の積載量を圧迫してしまう。

馭者には二名が就くことが理想的だから、オーク族がそんな真似をしたら、下手をすると軽輜重馬車など積載量の半分までが彼らの体重で占められてしまうことになる。また馬車は構造上、車体の前部を重くすると進みにくくなる――

そこでコボルト兵のうち魔術力をそなえていない者、あるいは魔術力が低く通信や魔術探知に適さない者たちを輜重科に配し、主に馭者役としているのだ。

彼らの多くは馬車を操ることに元から長《た》けてもいたから、適材適所といえた。かなり高い位置にある馭者台や荷台への上り下りには、側面に設けられた踏み台を使う。

では、極めて重労働となる積み卸しはどうするのか。

そこはオーク兵が受け持つ。

兵站基地ではそのように配置が考慮されていたし、補給物資を受け取る部隊側では「オーク兵のうち手すきの者は積極的に荷役作業に参加すべし」という教育がなされている。

このような制度の大筋がオルクセン軍に取り入れられてからは既に久しく（コボルトの魔術通信兵が採用される以前からだ）、オーク族の兵士を怒鳴りつけるコボルト族の下士官や将校などという様子も、珍しい光景ではなかった。

リアが様子を見計らいつつ声をかけた相手も、そんなコボルト族出身の曹長だ。コボルト族としては体格の大きいほうになる、真っ黒のグレートデン種。

曹長という階級は、オルクセン軍の場合、兵士から叩き上げた下士官としては最高位。

二等兵あたりからすれば、下手をすると直接関わることは少ない将校たちよりよほどおっかない存在である。

「少しよろしいかしら、曹長さん」

「あ？　ああ、視察の大尉殿ですな。これは失礼致しました、小官に御用でありましょうか？」

リア・エフィルディスには物怖じしないところがあり、しかもそれを表裏のない朗らかな性格が裏打ちしていたので、彼女に相対した者は種族の違いや歴史的経緯など、すっかりどうでもよくなってしまう。

そんな得な性格をしている。

ダークエルフ族としては可愛らしくさえ思える見かけだが、実際にはかなり年嵩があったから、他者の心の機微を掴むのも上手い。

曹長のほうでは、おうおう何とこのお嬢さん大尉殿か、よくこんなおっかない顔の俺に話しかけられたな、などと思っている。

「ずいぶんと慌ただしいように見えるけれど。何か兵站に影響を与えるような事情が？」

「ああー……一つには前線の部隊がちょっと無茶な機動をやっちまったせいですな。昨日の渡河が街道筋からそれていたので、現地で渋滞が起こってしまい。輜重馬車を送りだすのはいいんですが、まるで戻ってこんのです。工兵器材やそこらも送りださねばならんので、大わらわですわ。おまけにこの雨ときた。酷いことにならんといいのですが……」

「なるほど」

確かに、木材や砕石の類を積んだ輜重馬車がいる。

おそらく、泥濘地の補修用資材だ。

「あちらは生鮮食料ね？」

「ええ――」

工兵器材を積んだ馬車の更に向こう、生のジャガイモを梱包した木箱を満載した輜重馬車のことを言っているのだとわかり、曹長は頷く。既に荷台に幌を被せたやつだ。

「しかし、よく一目でわかりましたな。弾薬箱や医薬品箱辺りとはさすがに大きさも違いますが、何しろ糧食系の見た目は生鮮も乾燥も同じなので、私らでも側から記載を見んことには見分けがつきませんのに。混ざらんように管理するのが私らのいちばんの仕事です」

「あら、それは簡単よ。冷却系刻印魔術の残滓《ざんし》があるから。気配でわかるわ。あれは食料貯蔵庫に入っていたのでしょう？」

「ほう」

そんな方法が。

俺には魔術力はないから、そんな方法があるなんて思いもよらなかったぜ。

――待てよ。

待て。

待て待て。

じゃあ何か？　どんな簡単なものでもいい、何か乾燥野菜と生鮮野菜の木箱にそれぞれ異なる刻印魔法を通してしまえば――

魔術力の弱いコボルトでも、気配を感じ取ることくらいは出来るだろうから――

「大尉殿。失礼ですがそのお話、いま少し詳しくお聞かせていただけませんか？」

このとき、リアも曹長も気づいていなかった。

たったこれだけの会話と半ば児戯めいた思いつきが、のちにオルクセン軍の兵站機構はおろか、市井社会の物流機構に至るまで更なる一大改革をもたらすことになる、刻印魔術式物品管理法《MIMS》を生み出してしまうことに。

フロリアン・タウベルト一等輜重兵は、第七擲弾兵師団の輜重段列のうち補給大隊に属している。

大隊に六つある縦列隊一つにつき二四両いる、Ｈｆ.四型重輜重馬車のうちの一両の担当。

コボルト族、ビーグル種。

隊では馭者を務めている。

オルクセン北部メルトメア州地方都市の、商家出身。

商家といっても大きな商会などではなく、街の金物屋だ。台所用品を主に取り扱う家で、心根の優しいばかりの両親のもとに生まれた。

徴兵検査を受け、いちばん適性のあるとされるA分類で合格し、徴兵に応じた。

彼にとって、軍隊はよいところだった。

入ってすぐのころは大変だったが、いまではそれなりに楽しく過ごさせてもらっている。

――上官の曹長さんは一見強面《こわもて》で、職務にも厳しいひとだけれど、実は優しいひとだ。

月に一五ラング二〇レニの給金は決して多いとはいえない。でも技能兵の資格をとったから、もうすぐ少し増える。そうすれば母さんに仕送りだって出来る。除隊までに少しずつ給金を貯めて、それを学資に、商業大学に入ろうと思っている。

この国はいい国だ。

年齢がうんと高くなっても、その気にさえなれば誰でも大学に入れる。年齢が重なっても死なない魔種族の国だから出来る真似かもしれないけれど、こんな国は他にはない。

大きな演習は、ちょっとした旅行みたいでもある。

見たこともない街に、あっという間に鉄道で行ける。

この演習が終わったら、隊のみんなで首都見学に連れて行ってもらえるらしい。楽しみだ。

昨夜から、少したいへんだ。

師団の擲弾兵連隊が、浮橋を架け、川を越えたらしい。

敵の陣地に殴り込みをかけたのだとか。

夜間になっても戦闘は続き、でも第七擲弾兵師団はその戦闘に勝ったと聞いた。うちの師団は強い。

首都の師団に勝ってしまったのだから、本当に強い。

でも、街道から逸れた場所に橋を架けてしまうなんて、ちょっと無茶だと思う。

大砲は置き去り。

連隊の補給隊も置き去り。

おまけに、敵は撤退するとき、たった一本残っていた橋を吹き飛ばしてしまったんだそうだ。もちろん演習だから、そういう想定になったというだけなのだけれど、その橋は通っては駄目だという。

補給は、浮橋からやるしかない。

夜の戦闘は、うんと弾を撃つ。

昼の戦闘より撃ってしまうことが多い。去年の演習もそうだった。

オークの兵隊さんたちは、鉄砲の弾はたくさん持っているから大丈夫だとしても、大隊砲にはもう弾がないという。砲弾自体はまだあるそうだけれど、試射に使う弾と効力射に使う弾は違う種類なんだという。照明弾ももう無い。砲兵さんは複雑だ。

外套を着ていてさえ、こんなに寒いんだ。出来れば、温かいご飯も届けてあげたい。この荷台に載せている、ジャガイモが必要だ。

でも、縦列はなかなか進まない。

怖い顔をした野戦憲兵さんたちが、行けといってくれない。みんな、この橋の袂《たもと》で渋滞している。

工兵さんと、川のこちら側に残った歩兵さんは昨夜からたいへんだったらしい。

元々、街道から逸れた場所。

特に橋の近くの河岸は泥だらけのぬかるみ。

僕にはよくわかる。馬車は簡単に動けなくなってしまう。

あちらで穴を埋め、こちらで砕石を入れ、あっちで木材を被せる。そんなことが方々で行われていた。もちろん、川のあちら側でもやらないといけない。でもずっと雨は降っている。気づけばまた何処かで馬車が埋まっている。

連隊の補給隊は殆どそんな目に遭ってしまったから、師団段列の僕たちが荷を移し替え、直接届けることになった。

僕の馬車が動かなくなってしまったら、どうしようか。

いつもは横に乗っているクヴァンツのやつは風邪をひいてしまって、今日はいない。

オークの兵隊さんに助けてもらうしかない。

湿った雨と、重い泥の匂いが、鼻の奥に残って消えてくれない。

僕たちコボルトの、よく利く鼻が恨めしい。

あ。

憲兵さんの、行けの仕草。やっとだ。

三台ずつ？

ああ、そうか、浮橋は一度にたくさん渡れないから。

大丈夫、僕ならやれる。こう見えて、馬車の扱いは縦隊一なんだ。

――タウベルトは正しい。

だから、このあと起こった出来事に対し、彼に罪や過失はなかった。

一つには、降雨による増水のため水位が上昇し、浮橋を連結する索縄が緩んでしまっていたこと。

浮橋を恒常的に使用する場合、工作設置が望ましいとされていた補強木杭がまだ穿たれていなかったこと。

また一つには、彼の前を行く重輜重馬車の車輪のひとつに一塊の泥が付着し、滑りやすくなってしまっていたこと。

また、その馬車の荷台にあった荷物が僅かに片側へと寄ってしまっていたこと。

そして、この日タウベルトが、いつもは大切にその手に嵌めていた、母からの贈り物である手袋を兵站拠点に忘れてしまい、すっかり指がかじかんでいたこと。

まず彼の目の前で、川面のゆらめきにより浮橋がわずかに揺れ、本来ならその程度のことでは何ともなかったはずの重輜重馬車が平衡を失い、そのまま一気に転落。

居合わせた誰もが呆然とする中、周囲をも巻き込んで、橋上にあった重輜重馬車三台ごと実にあっけなく浮橋は倒壊した。

兵たちの怒号と、悲鳴と、状況を把握しようとする将校の号令とが飛び交い、上部部署へ事態を報告する魔術通信と伝令が放たれ――

救助活動が開始されたが、橋上に計五名いた兵士のうち一名が見つからない。

――タウベルトだった。

☆☆☆

☆☆☆

「師団対抗演習中止！　ただちに中止だ！」

統制部天幕。

一報を知らされるなり、それまで呑気に巨狼と戯れ、周辺と談笑していたグスタフ・ファルケンハインは刹那のうちに笑顔を消し去り、立ち上がって、大喝一声した。

ディネルース・アンダリエルはその場に居合わせていた。

彼のあまりの豹変ぶりに、半ば呆然とした。

グスタフのこんな様子、怒気を発したところを見るのは初めてだ。

「我が王、しかし……」

ゼーベックが、彼の職責としても側近の立場としても当然の直言を試み、その先を呑み込む。

この演習がどれほど重大なものか。

また、戦時においてこのような事態は、往々にして起こりえる。

平時においてさえ。

現地ではもう救助活動が始まっているのだ。いっそ、演習内容に組み込み、他の方面では演習を続行してはどうか――

「参謀本部演習は続けたければ続けても構わん！　だが師団対抗演習は中止だ。周辺全部隊をかき集め、捜索せんか！　戦時は戦時！　平時は平時！　戦時になれば私は兵たちに死ねと命じねばならん。ならなおのこと、そうであればこそ！　平時において軍の誠意が足らずもし兵を失うようなことがあれば、私は我が臣民に向けどの面下げて王などやれるか！　ただちに中止だ！」

「はっ、ただちに……」

もはや否応はない。

ゼーベックは頷き、シュタウピッツへと王の勅命を全部隊へ発するよう指示した。

――なんてこと……

あるいはこの演習の全期間において、ディネルースが最も強く衝撃を受けたのはこの瞬間だったかもしれない。

この王は強い。

強く、慈悲深い。

どこまでも慈悲深く、強い。

だが続く彼の言葉と、その後の行動もまた、彼女に強い影響を与えた。その人生観の一部までを、完全に変えてしまう事になるほどのものだった。

「ゼーベック。この雨は止めるぞ？　構わんな」

「はい、仰せのままに……」

雨を……止める？

何のことだ……？

何か単語や文法を聞き間違えたか……

頭蓋《ずがい》が疑問符ばかりで占められたが、王はそのまま天幕外へと飛び出した。

シュヴェーリンが立ち上がって続き、ゼーベックもまた。

ディネルースも衝動のままに、彼らに従った。

いったい、何を……？

「……久しぶりだな。我が王があれをなさるのは。年甲斐もなく拝覧しとうなった」

「まったくだ。ここしばらく、必要とはされておらなんだからな」

何だというのだ。

「何じゃ、黒殿はまだ知らんのか？　お主ら、おそらく御恩恵はもう受けておるのだぞ？」

「……いったい、何のことです？　王はいったい何を……」

「まぁ、見とれ」

彼女たちの眼前で、豪雨のなか丘の一隅に立ち尽くしたグスタフは、あっという間にずぶ濡れになりながら、しかし微動だにせず、天を見上げていた。

よく見ると、僅かに口元が蠢いている。

何かを呟いているらしい。

囁いている、というべきだろうか。

魔術の詠唱だというのは、どうにかわかった。

ディネルースは魔術上の感度をあげ、聞き耳をたてた。

――なんだ、これは。

それは、いままでの生のなかでまるで耳にしたことのない言葉だ。

いや、正直なところ言詞かどうかもよくわからない。少なくとも、低地オルク語でもなければ、ましてやアールブ語でも古典アールブ語でもなかった。

何か節がついている。

どこか悲しげな響き。

帰りなんとするも寄る辺のない、孤児がさめざめと泣いているような。

初めて聞くものだというのに、そんな寂寞《せきばく》がある――

オテントサン　オテントサン

コノアメハラシテオクレ
オテントサン　オテントサン
コノアメハラシテオクレ

ぶわり。

彼の四肢から魔術力の波が滲み出て、それはとめどない奔流、潮騒《しおさい》、波濤《はとう》となっていく。

丘を走り、天幕に達し、ディネルースたちを包み込んでなお止まず、大地の全てを覆っていく。

呆気にとられ、その波動に身を委ねるしかない。

——温かい。たまらなく温かい。

もし魔術力が可視化できるものなら、それは黄金色をしているように思われた。

燦々《さんさん》と煌《きら》めくが如きである。

何かに似ている。

麦だ。

そう、麦畑だ。

大地の豊穣。

大地一面に麦が実り、そこを一陣の微風がかけていくような。豊穣の波となって、ゆらめいているような。そんな黄金色。

やはり波動に包み込まれてしまったらしい巨狼たちが、天に向かって一斉に吠える。

そして――

咆哮に共鳴したかのように、波動もまた空へと駆け昇っていく。

ディネルースの背のほうから、あの波動が頻浪とも狂濤ともつかぬ激しさで逆流してきて、グスタフ王の立つ場所を中心に、空へと昇っていく。

どこまでも。

どこまでも。

気づけば――

あれほど空を覆っていた曇天が晴れ上がり、太陽の光が差し、あちらへこちらへとその光柱が降り注ぎ。

まぶしいまでの蒼穹が広がっていた。

地平線の上空あたりでは、まだ灰色をした雲があったが、それは信じられないほどの速度で流れ去りつつある。

「…………」

ディネルースは立ち尽くしていた。

肩が震え、崩れ落ちそうになり。しかしながらそれは恐怖からのものなどではなく。いつの間にか、滂沱《ぼうだ》の如き涙を流していた。同族たちを殺され、あのシルヴァン川を越えたときでさえ、涙など流さなかったというのに。

何だ、これは。

何だというのだ。

馬鹿な。

そんな馬鹿な。

こんな。

こんなことがあってたまるか。

魔術力とは、五感を鋭くしたようなもので。他者へと直接影響を及ぼせるようなものではなく。

ましてや、天候を、天を操れるようなものではない。

そんなものは、もはや魔術ではない。

魔術力などではない。

神のものだ。

この世にそんなものがいるとして、それは神のものだ――

「……王が。我が王がこのような真似ができると気づかれたのは、あのロザリンドの会戦のあとじゃ」

シュヴェーリンが言った。

「我らは、さんざんに打ち負かされ、撤退をはじめた。だが夜通し歩き、這い回り、夜が明けたころにはもう、みな言葉もなかった。あの年は酷い日照りでな、もともと飲み水がなかったんじゃ。おまけに水場ではお主らの待ち伏せにあった」

「…………」

「誰かが言った。雨でも降ればいいのに」

「………」

「すると。まだうんと若く、一兵士で、少年といってもよかった王が、半ばうつろに、あの言葉を呟かれた。そして、信じられんことに雨が降ったんじゃ。大雨じゃ。みな喜んでそれを集め、飲み、そうして帰還に成功した。あの慈雨がなければ、我が種族は本当に滅んでおったかもしれん。ご自身は、自らがそのようなことを成したとは思われてもおらなんだ」


――おじちゃん……おじちゃん……おいらが雨を降らしてくれるよう、天にお願いしてみるよ。

――なんじゃ、ボウズ。おもしろいことを言うのう……ふふふ、やってみせい。やってみせてくれ。


「昨日のことのようじゃなぁ……初めは周りも、まさかそのようなことをあの御方が成されたとは思わず。だが何度か同様のことが続き、これは本物じゃとわかった」

「そして、我らはあのお方を王にした。懇願して、王へと迎えた」

「お主がそう言いだしたんじゃったな、ゼーベック」

「ああ。それから王は、日照りがあれば雨を降らし、雨が降りすぎれば太陽を呼ばれ。北で実成りが悪いと聞かれれば北に赴かれ、南で大地が乾いた報せがあれば南へ」

「どの年じゃったかな……飢饉に襲われかかったときは、魚の群れを降らしてくださったこともあったな」

「あった、あった。あれには度肝を抜かれたな、ふふふ」

なんということだ。

雨だけではない。

天より降るものは、全てを操れるというのか。

神の悪戯か、何処かの地で天より魚が降る摩訶不思議が起きたと耳にしたことはあったが。

——グスタフ王が為したというのか！

「さきほども言うたが。お主らも、もう御恩恵を受けておるはずじゃぞ。黒殿らがシルヴァンを渡るとき、雨や雪は弱められたと聞いた」

「ああ。王は、本当は雨など晴らしてしまいたかったらしい。だがあまり強く使うと、この波動だからな。エルフどもに気づかれる。だから薄くにしか使われなかったのだ」

——あ。

渡河の際に、弱くなった雨。

天の慈悲だと思っていた。

あれも。あれもだというのか。

「ともかくも。それからじゃな。王は、あれこれ様々なことを思いつかれるようになり。そうして我らを導いてくださった。この国を豊かにしてくだされた」

「うむ。農業も、科学も、なんなら参謀本部も。多くは陛下の思いつかれたことよ」

「ゆえにあの御方は我らの王……我が王なのじゃ」

シュヴェーリンが駆けだした。

グスタフが、ふらふらとした足取りで戻ってこようとし、それを助けに向かったのだ。

「……シュヴェーリン。コボルトたちを動員しろ。魔術で捜索だ」

「わかっております、わかっておりますとも。ですから、どうか……」

「アンダリエル少将！」

「……はい、はい！」

「君も協力してくれ。君の部下も」

「……はい、もちろんです。仰せのままに」

「私は……すまんが、ちょっと寝る」

そうして。

グスタフは意識を失ったように崩れ落ちると、彼にはたいへん珍しいことに高鼾《たかいびき》をたてはじめた。

――結論からいえば。

ディネルースたちは事故現場へ駆けつける必要はなかった。

浮橋周辺の停滞状況を視察しようと、青軍兵站駅から現場へ向かっていたリア・エフィルディスが一報を聞きつけ、自発的に捜索に加わっており、河岸の葦草の下に半ば沈みかかっていたタウベルトをこのとき既に発見していたからだ。

高い魔術力を持つダークエルフ族の彼女が現場にいなければ、タウベルトは助からなかったかもしれない。いや、きっと助からなかった――少なくとも現場の者たち、なかでもコボルトたちはそう信じた。

リア自身は、「雨が上がらなければ見つけられなかった」ときっぱり断言していた。集団が相手の魔術探知ならともかく、たった一頭のコボルトの気配など、雨は散らしてしまう。水嵩が増し続ければ、溺死していた可能性もあった。

タウベルトは低体温症により加療三日の診断が下ったものの、軍病院に入院ののち、無事恢復。

その後、軍務に復帰。

除隊任期を迎える前に、この国に勃発した戦争に参加することとなり。

――そこで戦死した。

★★★

師団対抗演習は、その日のうちに完全な中止となった。

そちらの統制部は大荒れ。半ば事故調査委員会じみたものになっているらしい。

天幕の、参謀本部演習のほうは、講評に移った。

グスタフは夕刻近くになって彼が移されていた別天幕で目を覚まし、気遣う周囲に対し、救助捜索の結果を聞くと微笑み、このままここにいる、討議を続けろと命じた。

「本当に、よろしいのですか？」

「ああ、構わん。これがいちばん面白いんだ。疲れさせるだけ疲れさせて、仲間外れにする気か？」

「……ふふふ、わかりました」

それでは――そう答えて、ゼーベックは場を取り仕切る。

「つまるところ、どのような努力を重ねても、兵站には停滞が起きる、ということです。鉄道からの荷下ろしに起こる停滞、兵站拠点における停滞、輜重車補給線における停滞、一線部隊の機動による追従困難、天候による停滞……」

あちこちから、うーん、という呻き声。

とくに参謀本部の認識では、輜重馬車縦列の補給線における停滞が深刻だ。

オルクセン陸軍による検証によれば、輜重車による輸送は、既存の街道を利用でき、天候等が悪化せず、滑らかに行われたとしても、兵站拠点から一日最大約四〇キロ。

これは即ち片道輸送であって、往復輸送させるならその半分の約二〇キロが限界となる。

つまり軍は、「尾っぽ」を引きずっていく限り、兵站拠点からそれだけの距離しか進撃できないことになる。そこから先に進むには、前線部隊が進撃を停止して縦列が追いつくのを待ち、翌日また追従という反復運動が必要となる。

理論上は輜重車縦列を幾つかの集団に分け、各集団にそれぞれ一日分を輸送させることで進撃距離を延ばすことは可能とされていたが、かなり危なっかしい真似であることは今日の演習結果だけを見ても明らかだった。

軍が街道から逸れれば最後、即時追従は事実上困難。そう判断せざるを得ない――

「止《や》むを得んじゃろ。止むを得ず前進を続ける場合には、そのための携行口糧。兵士には一日乃至《ないし》二日分。各大隊行李に一日乃至二日分。その四日のうちに追いついてもらうしかない」

シュヴェーリンが、何を今更といった顔で述べた。

しかしながら、この方法にも問題がないわけではない。

オルクセンの制度でいえば、兵たちは、一日当たりに支給されるべしと定められた携行「糧食」のうち、主食たる乾パンと牛肉の缶詰しか所持していない。これが携行「口糧」だ。

副食や調味料の類は、各大隊付属の「行李隊」と呼ばれる補給物資輸送部隊が預かっていて、加熱調理するにしろそうでないにしろ、兵たちには日に一度別に供給されることになっている。

一方、「給食」と呼ばれる本格的な食事供給に要する食糧は、連隊の行李隊と、師団の補給縦列隊が担当、輸送する。

この連隊行李以上が追いつかなくなったら――

兵たちは乾パンと牛缶、水だけで進撃することになる。

オークの軍隊が。

あの、オークの軍隊が。

二日や、四日は耐えられるだろう。

だがそれ以上は、たちまち活動に必要な栄養熱量を失ってしまう。

シュヴェーリンが「四日が限界」だと述べたのには、そういう意味がある。

彼は決して兵站や補給を軽視しているのではない。

戦場にはどうやっても無茶をせざるを得ないときが必ずある、そのときはそれが限界だと言い切っているのだ。

ゼーベックは頷いた。

「そこで、戦場における古来からの習い、天に命を任せるしかないわけです。やれるだけのことをやった上で、本当にやれるだけのことをやりつくした上で、現地調達は止むなし、というのが私の結論です」

「あくまで調達じゃろう？　徴発ではなく」

「当然です。徴発は禍根を招く。デュートネ戦争の失敗を繰り返すことになる」

非常に、面倒くさい話だが。

補給品をオルクセン軍が展開地域現地で調達するとき、そこには現地「調達」という場合と、現地「徴発」と表現する場合の二通りがある。

前者は、補給品の調達に対し、軍が認め正当とするところの対価を支払うケース。オルクセン軍がこれを実施する場合、軍公式の領収証は発行されるし、それが支払済か、あるいは未払いか、そういったことも全て記録される。最終的には必ず精算するよう、努力を図る。

後者は、乱暴だ。対価など支払わない。いってみれば、軍そのものが強制的に物資を奪い取る。領収証が発行される場合はこちらにもあるが、その相手に対し補償する意思など更々ない。

――それは、いわゆる略奪ではないのか。

何故わざわざ徴発などという、分かりにくい言葉を使うのか。

なんとも迂遠な表現に思えるかもしれないが、実はこれにもちゃんとした理由がある。

徴発もまた、一般的な言葉でいうところの「略奪」とは、軍の規定上異なるのだ。明確に。まるで違うもの。

「問題はこれをどの区所段階で実施させるかです。兵一名一名には、もちろん不許可。略奪罪の対象です」

なぜか。

部隊展開地域において兵一名一名に徴発を認めてしまうと、あっという間にこれは個による暴力行為に変じてしまう。

風紀の紊乱《びんらん》、暴力、暴行――

おぞましいばかりの様へと成り果てる。

軍は軍でなどなくなり、兵もまた賊徒そのものに陥ってしまう。

オルクセン軍の場合厳禁で、この段階をこそ軍紀規定上の用語として「略奪」と呼ぶ。野戦憲兵隊による摘発と懲罰の対象で、その執行方針ははっきりとしていた。

――銃殺刑。

「では、小隊ならいいのか。中隊ならいいのか。あるいは大隊なら？　こちらも望ましいとはいえません」

オルクセン軍では、これらの部隊規模は個に近すぎ、今度は組織的犯罪の温床になると見なしていた。集団で略奪を働き、それを隠蔽、より悪質に行う危険性がある、と。

「やはり行李、段列を持っている部隊規模以上か」

「そうなりますな」

段列――自前の兵站組織を持っている部隊以上に限り、「調達」を認める。

現地から食糧等を取得する場合、明確にこれを会計上記録し、対価を支払うことができ、そしてそのように取得した物資を必要各所に配布可能な規模の部隊にのみ行わせる、ということだ。

「また、この実施は軍もしくは軍団、あるいは師団の兵站監による許可が下りた場合にのみ限る、ということで――」

「当然だな」

グスタフが頷いた。

彼らは、以前のディネルース・アンダリエルなどからすると、あるいはかなり迂遠《うえん》な議論をやっているように思えたかもしれない。

――現地調達はどこの軍でも当たり前。今更なにを。

だが今の彼女には、この議論は明確に異なると、きっぱりと認めることができた。

要するにオルクセン軍は、従来通り最大限の兵站努力をし、その上で生じる兵站停滞上の解決に用いる場合にのみ、現地調達を認める、というのだ。しかも、徴発については慎重で、個の略奪については厳禁とした上で。

最初から現地調達及び徴発に頼る軍隊と、やむを得ずこれを実施するという軍隊では、例え外部からの見た目は同じでも、これは確かに明瞭に異なるものだ。

「部隊での徴発を禁じはしないのじゃな？」

「そのあたりは、軍法上かなり微妙な問題を孕《はら》みますから、上級大将」

例えば――

この演習でも行われたような架橋作業が前線で実施されたとき、現地に所有者不明の小舟が繋がれていたとする。

架橋を行うには迅速さが肝要で、そのような小舟があれば現地指揮官は間違いなく利用する。

ただちにためらいなく使用して、架橋作業に必要な兵員・器材の第一陣を、あるいは警戒に要する兵員を対岸に渡すだろう。

この小舟は、厳密にいえば調達ではなく、徴発されたことになる。ただし、略奪されたとは見なされない――そういった扱いになった。

このような行為まで罰するわけにはいかず、徴発は部隊規模において行われる分には、禁止事項にするまでは至らない。そんなことをすればあまりに杓子定規となる。

では、その工兵隊が敵地において発見した農家納屋で休養をとり、そこにあった食糧や酒類の類を所有者の許可なくかっぱらい、全員で飲み食いした。代価は払わなかった――これもまた徴発で、そうなるとかなり怪しい。略奪ともいえる。

一概に禁ずるわけにもいかず、また過度なものは見逃すわけにもいかない。

このあたりは憲兵による調査と、軍紀による是非の判断による、という運用に委ねるしかないだろう。

「次に、新戦術の実験結果ですが――」

天幕内の軍幹部たちは積極的に討論した。

コボルトの魔術通信、探知は有用である。

また、大鷲による空中偵察は高い効果を及ぼすこと。

これらは更に錬成し、大々的に取り込み、来るべき戦役に活用すべきであること、等々。

「如何でしょうか？　他に何かご意見は――」

☆☆☆

ディネルース・アンダリエルは、目頭を揉んでいた。

このとき彼女は、オルクセンの軍隊や、彼らが言うところの新戦術の幾つかに、重大な欠陥があることに気づいていた。

それも、昼間のうちに。

指摘のために発言をしたものかどうか、迷っていた。

彼女は正式にいえば視察将官に過ぎない。シュヴェーリンもまた同様だが、彼とは立場が違う。

ダークエルフ族は、現状、軍での足場も不安定だ。部下たちの風当たりも考えてやらねばならない。

だが、この雰囲気なら――

ええい、構わん。

エトルリアの詩人も、「物事は為したあとで後悔したほうが、為さずに後悔するよりずっとましだ」

と言っているではないか。

慎重に言葉を編んでから、手を挙げる。

「少将」

「はい。魔術通信及び魔術探知の使用法について、僭越ながらご提案があるのですが」

「よろしい、伺おう。貴公らはその道の先達だ」

ありがたいことで。

立ち上がるとき、ちらりと見ると、通信局長のシュタウピッツ少将は若干嫌そうな顔をしていたが。オーク族向けの椅子の上に何枚もクッションを置いて席に着いた状態で、小さな体躯で精一杯、胸を反らしている。

彼にしてみれば、ケチでもつける気かと警戒する一方、種族の者をダークエルフ族に救ってもらったばかりなので、何とも表現のしようのない表情だった。

「黒板をお借りしてもよろしいですか?」

「ああ、構わんよ」

チョークを手に取り、一箇所に兵科記号を描く。擲弾兵の、大隊を示すもの。

「これが魔術兵を含む大隊。コボルト族の魔術力は素晴らしいですから、彼らは本日の演習で大いに魔術探知を実施し、成功させているのを拝見しました――」

表情を緩めるシュタウピッツ。

我ながらおべっかを使うとは。嫌な真似だ、まあ成功させていたのは事実だからな。

ディネルースは若干の自己嫌悪に陥りつつ、大隊の前方へと直線で一本の線を引く。

「魔術探知の可能距離は、術者の体力及び能力、体調、天候等にもよるでしょうが概ね五キロ。〝この方向に何かがいる。なかなかの数らしい〟そんな感じ方、また現状の探知方法だと思います」

「そうだな」

「私がご提案したいのは、その精度を上げる方法でして――」

頼む、気づいてくれ。

そう念じながら、さきほどの大隊の横並びに更に二つ、大隊を加える。

「戦線に展開したこちらの大隊二つからも、あるいは連隊本部系からも、対象が五キロ圏内なら気配は感じるはず。その方向を追加すると――」

各大隊から、直線を書き加える。

一本、二本――

最初の一本とそれらは交差し、一箇所で交わった。

「これが。かなり正確な探知対象の現在位置になるはずなのです」

場がざわめく。

当然だろう。「あの方向に何かいますよ」と「この場所に何かいます」では、たいへんな違いだった。

なぜこんな単純なことに、誰も気づかなかったのか。

「……三角測量か！　魔術による三角測量。そう言っていいのかどうかわからんが……」

兵要地誌局長のローテンベルガー少将が叫んだ。

職務柄、地形を測量、計測する部局の長である彼は呑み込みが早かった。三角辺を利用した、そんな測量方法があるのだ。

「その通りです」

ディネルースはにっこりと微笑んでやり、そうして、願うような気持ちで付け加えた。

「三箇所にこだわる必要はなく、最低でも二か所。ただしこの方法は、探知報告箇所が多ければ多いほど、正確となります。これは、魔術通信の逆探知も同様。仮想敵が魔術通信を使用し、我が軍がこれを傍受した場合、この方法でおおよその相手位置は掴めます。魔術通信の傍受は、かなり遠方からやれますから。大いに活用できるかと」

魔術通信を逆探知することは、ちょっとややこしい話だが、対象の通信間距離より長い。

魔術通信とは、少し離れた距離で並んだ者が大声で怒鳴り合って会話しているのだと例えてみよう。

互いの会話がはっきりと聞こえる距離が「通信間距離」。

これが現状、最大で約二キロ半。

一方、この会話をはっきりとまでは聞こえないものの、どこかで大声でどなっているやつがいるなぁ、という距離ならそれより遠くからでも「耳」に入る。

これが魔術通信逆探知の「最大探知距離」。

その距離は、魔術位置探知と同じ、約五キロといったところ。

なるほど、おお、やるべきだ、などといった声が天幕内に満ちるなか――

「ふふふふふ。ふふふふふ、ふははははははは！」

グスタフが笑いだした。

心底おかしそうにしている。

何事かと、全員が視線を向けるほどの哄笑だった。

ひとしきり、腹を抱え、涙を流さんばかりに笑ったあと、彼は告げた。

「しょ、少将。少将、少将！　気を遣ったなぁ。つまり君が本当に指摘したいのは、この方法を用いれば、我が軍における現状の魔術通信及び探知の使い方では、エルフィンドに筒抜けになるに違いないというのだな！　そうだろう？　なにしろエルフ族は、軍はおろか、どこの誰でもこれがやれるからなぁ……」

天幕内の空気が、一瞬でねっとりと淀んだ。

誰しもがその可能性を理解し、呆然、愕然、唖然とした。

――エルフ種族は、その全員が強力な魔術力を持っている。

たしかに、そうだ。それなら。しかし、いや、そんな。

「そ、そんな馬鹿な……」

シュタウピッツ少将が、いちばんの衝撃を受けていた。

「いやいや、シュタウピッツ。君と君の種族の為してきた努力に、怠りはないよ。私もこんな方法までエルフィンドが使い得るとは思ってもいなかった。私にも魔術力はあるが、天候が操れるだけであとは療術魔法が少し、通信や探知はまるで苦手だからなぁ……」

天候が操れるだけ、というのもどうかと思うが。そのほうが、よほど凄い。ディネルースは呆れながらも、王が全てを理解してくれたこと、シュタウピッツ少将への配慮までやってくれたことに感謝した。

「はい、我が王。これをご覧下さい。おそらく、概ね合っているはずです」

彼女は自身が書付に使っている手帳を取り出した。

軍用の、頁に蝋引きがされた防水手帳だ。

鉛筆を使って、彼女自身が探知し、また彼女の部下たちの探知した情報を元に予測した、この演習の彼我両軍部隊配置が記されていた。

グスタフはそれを受け取り、眺め、またげらげらと笑ってから、ゼーベックに手渡す。

ゼーベックは一瞥してから——

どさりと、椅子に座り込んだ。

頭を抱え込んでいる。

それはディネルースの言葉通り、ほぼ正確に成功していた。

「じい。そう弱ることもあるまい。対処法はそれほど難しくないだろう？」

「……そうですな。作戦発動前には、徹底した魔術通信封止《エニグマティック・ミッション・コントロール》を実施。通信は電信に限定。それと魔術通信封止に関する規定を定めて、野戦においては会敵まで魔術探知と魔術通信逆探知を主流に使用。その結果は電信及び伝令でやり取りして、封止解除後にはじめてこちらの魔術通信を使用。そんなところですか」

「うん。そうだな。もちろんこれはアンダリエル少将の言う通り、我がものとすれば軍の大いなる武器にもなる。そのための運用法も考えるように。とくにラインダース少将――」

「はっ」

「おそらく、我が軍でいちばんこの探知方法に向いているのは君たちだ。魔術力の点ではコボルトたちも素晴らしいが、君たちなら高空からこれをやれる。二羽、三羽と上げて三角測量をやるのだ。おそらく精確な地図とコンパスを持って上がる必要がある。ぜひ一つ研究してみてくれ」

「はい、我が王」

「やれやれ、また空に携えていくものが増える、そんなところか？」

「ふふふ、まぁそんなところです」

くすくすと笑いつつグスタフは頷き、

「シュヴェーリン。お前もよかったな。昔話が聞けて。少将は約束を守ってくれたぞ」

「……は？」

「わからんか？　これがおそらく、一二〇年前、我らがロザリンド渓谷で負けた理由だな。あのとき我らは何度も待ち伏せにあった。それも嫌になるほど正確に、側面や後背を突かれて。撤退中まで。あのころ我らに魔術通信はなかったが、探知の三角測量をやられていたなら納得だ。そうだろう、少将？」

「はい、我が王。ご慧眼のとおりです」

「ふふふ、ご慧眼ときたか」

「――あ」

上級大将はがたりと椅子を鳴らして立ち上がり、そして彼もまた座り込んだ。

シュヴェーリンが実に彼らしかったのは、大声で笑いだし、それはグスタフの哄笑以上の音量、時間だったことだろう。

「なるほど！　なるほど！　今夜は一二〇年ぶりにぐっすり眠れそうですわい！」

「ふふふふ、結局寝るのか！」

「ええ、もちろんですとも！」

彼はそんな牡だった。

いい牡だといえた。

「少将。まだ何か昔話があるようなら、この際、せっかくだからシュヴェーリンたちに聞かせてやって欲しいな」

「はい、我が王――」

この王も大したものだ、本当に。

この場が針の筵《むしろ》にならずに済んだことに感謝しつつ、ディネルースは続けた。

「いまからお話しすることは、一二〇年前、我らがとった戦法の一つですが――」

「うん」

「エルフィンドの軍隊は、相手の指揮官、将校を狙い撃ちにします」

流石に、天幕内の雰囲気が剣呑なものになった。

彼らの価値観でいえば、たいへん卑怯な真似といえたからだ。

ほんの一〇〇年ほど前まで。デュートネ戦争で国民軍が生まれる以前には、星欧大陸の戦争にはむしろ様々な箍《たが》がはめられていた。一種の芸技だったとも表現できる。

各国の王や領主は、職業軍人や傭兵で構成された軍隊を率い出征しても、正面決戦を避け、運動戦を多用し、如何にして相手を無力化しようかと知恵を絞ったものだ。

そのような中で、意図的に指揮官を狙うという行為は禁忌に等しかった。

日常生活においてさえ、一騎打ちや決闘が重視されたのは、明確なルールのなかで正々堂々と戦える手段であるからだ。不意打ちなどで、それを破ることは騎士道にも悖《もと》る真似――そういうわけだ。

その精神だけは未だに生きている。

グスタフは軽く手を挙げてざわめきを制し、

「なるほど。それも納得だ。おそろしく効果的ですらある。シュヴェーリンやゼーベックのじい、それとほんの僅かしか、当時の将軍や幹部たちは生き残らなかったからなぁ……」

「……は、恐縮です」

「しかし、どうやって見分けた？」

「一つには旗印。当時はたいへん派手でしたから」

「うん」

「それと、兜のかたちです」

「……なるほど」

当時のオルクセンの軍勢は。

将軍たちは、独特な形状をした、スパイク付きの兜を被っていた。

そしてそれは。

――現在の軍用兜の意匠の元になっている。

「つまり少将。君は、軍用兜は危険だというんだな？」

「はい。軍用兜は、いまでは一兵士まで被っておられますが、将校以上のものは飾りがたいへん派手です。おまけにサーベルを帯びていますので」

演習初日の昼間に見た、あの兜やサーベルの鞘の煌めき。

――私なら、間違いなく、撃つ。

「……よし。軍用兜は止めよう。全将兵、動員時には略帽を被って出征だ。サーベルの鞘には布か何か巻かせる」

元々、オルクセン国軍は制帽扱いの軍用兜と、日常用の略帽の両方を使わせている。

彼らの、とくに兵たちが軍用兜ばかり被っているのは、見栄えや誇り、着用規定上の問題もあるが、フェルト製の略帽は背嚢の中にしまっておけるものの、硬革と金属製の軍用兜は被っておくのがいちばん運搬しやすいからだ。

軍の予算上の負担は最小限で、すぐに対処できる問題だ――

「王！　我が王!?」

「シュヴェーリン。不満か？」

「当然です！」

指揮官を狙う者が卑怯なら。

一線に立つ指揮官にとって、逃げ隠れするという感覚もまた卑怯だ。国家への崇高な義務への、不忠ですらある――

これは彼らのみならず、世界の軍隊、その将校たちなら誰でも首肯した感覚に違いなかった。例え、表面上だけでも。

「こんにちの戦闘は複雑怪奇。指揮官が斃れれば、部下将兵を無用に殺してしまう。これを回避するためのもの、そう心得よ。シュヴェーリン」

「……しかし」

「納得できんか。略帽とて、兵たちのものは鍔無しだが、尉官以上は鍔ありだろう？　程度差問題というところだ」

「は……はい」

幸か不幸か、そのほうが戦場では活動しやすくもなる。軍用兜は、着用感としてもどうにも堅苦しい。

「うん。此度の演習は実に有意義だったな。もし他になければ、食事に移ろう」

「アンダリエル少将。明日朝帰るのか？」

「はい、王。我が王」

その夜ばかりは兵食ではなく、立派な夕食が出て。

解散となった午後八時。

すっかりよい心持ちとなっていたディネルースは、部下たちと宿舎の演習地庁舎へと戻ろうとしたところを、グスタフに呼び止められた。巨狼のアドヴィンを伴っている。

食事は素晴らしかった。

とくに、オルクセン南部風だという、牛肉のスープ煮が最高だった。

これは、大きな鍋に野菜でとった出汁を作り、牛肉の良いところを塊のまま煮て、丁寧に灰汁《あく》を取り、薄切りにする。そして、ワインヴィネガーや、ホースラディッシュや、カレーのソース三種類を添えて供すという、結構なものだったのだ。

この出汁をそのまま利用したという、深い滋味のある、大麦のスープもよかった。

天幕内の歓談も盛況となり、また各将官たちともすっかり打ち解け、ディネルースとしては実に有意義な演習視察だったといえよう。

——王の、あの魔術を拝覧できたことも含めて。

「ご苦労なことだな」

「部下たちも待っておりますので」

「……そうか。実は見てもらいたいものがあってな」

「はい……？」

「いつまでも、仮称ダークエルフ旅団では締まらん。軍の書類上もよろしくない」

彼はそういって、この演習中によく弄繰《いじく》り回していたあの手帳を取り出した。

頁を繰り、彼女に掲げて見せる。

それは、大きな、くっきりとした文字で書かれていて、二重丸で囲ってあったので、夜目の効くディネルースには、もちろんしっかりと見えた。

アンファングリア旅団

アンファングリア。

古典アールブ語で、「巨大なる顎《あぎと》」を意味する。

あるいは「血の顎」とも訳せた。

エルフィンドの神話伝承に登場する、巨大極まりない巨狼族の始祖の名だ。

伝承によれば、いまの巨狼よりずっと大きく、鋭い牙を持ち。

そして。

――神話上の、白エルフ族の女王を食らい尽くした巨狼の名。

「どうだろう?」

ダークエルフ族旅団戦闘団アンファングリア。

――素晴らしい。実に素晴らしい!

ディネルースは胸のうちで快哉《かいさい》した。

なんと素晴らしい名だ。

まさしく我らに相応しい。

グスタフが、少なくともこの演習の最中、閑さえあればそればかり考えていたのだともわかり、嬉しくもなった。

きっと彼のことだ、膨大な知識の棚のなかから、あれを考え、これを候補にし、選びに選びといった具合に、練っていたのだろう。

「謹んでお受けします」

「そうか、ふふふ」

王に対する敬語というより、芝居がかった騎士の口調で、ディネルースはその新たな旅団名を拝領した。

しかし――

ふと気になることがあり、王の傍らに控えていたアドヴィンを見つめる。

彼らからすれば、自らの種族、その祖の名だ。

それを、彼らを狩った過去を持つ、ダークエルフ族が使うのは……

「……気後れする必要は、微塵もあるまい」

じっとディネルースを見つめたあとで、アドヴィンは言った。

それは、彼女が初めて聞く、彼女へと向けた、この巨狼の声であった。

「貴公らは誇り高い。そして強い。我らはおそらく、それをどの種族より知っている。我らに勝るとも劣らぬ。そして貴公らもまた、我らと同じ運命となった」

「…………」

「我らが祖の名、存分に使うがよい。そして、白エルフどもを――」

「…………」

「その顎にかけよ」

「……謹んで」

きわめて真面目に、ディネルースは片膝をつき、頭を垂れた。

「ふふふふ。なんとまぁ。私もそんな真似はしてもらったことはないなぁ」

「あら、そうでしたか?」

やはりこの演習は。

彼女とその種族にとって。

実に成果多きものだった――

第六章

アンファングリア旅団

春は日ごとに勢力を増し、冬を追いやり、樹々は芽吹いた。

やがて陽光は煌めくばかりとなり、雲白く、葉は青々とし、星暦八七六年は七月を迎えている。

仮称ダークエルフ旅団改めアンファングリア旅団は、編成を終えた。

当初は、あの不屈の精神を持つディネルース・アンダリエルを以てしても途方にくれるばかりだった作業は、人員の割り振りが完了した五月ごろになって急速に進むようになり、各地から必要な兵器、需品、装備の類が次々と到着した。

ディネルース以下旅団幹部たちはその対応にまた忙殺されつつも、それは明らかにいままでの労苦より手ごたえのあるものばかりだった。

混乱のなかから光明がさし、努力は徒労と化すこともなくなり、くっきりとした道筋が見えるようになってきたのだ。

まず、被服類が整った。

最も困難が予想されていたのは、軍装のなかではいちばん高価な、それでいて一兵士に至るまで支給されることになっていた軍靴の大量調達だったが、これはオルクセン陸軍省が外国からの革生地輸入をも行い、ダークエルフ族とオーク族とは体格の異なる点を考慮して市井の革職工にも発注されて、むしろそのため国内の被服廠革工部製よりも質のよい軍靴が製造され、届けられた。

「いい靴だな……！」

「ああ、いい靴だ！」

「これさえあれば、何処へだって行ける！」

一口に軍靴と言っても、騎兵のそれと猟兵のものでは作りが異なっていた。

騎兵たちには、乗馬用の長靴。脛までを覆う長いもので、踵《かかと》の部分には拍車を帯びる。オルクセン陸軍式に、棒状の突起のついた「棒拍」という形式である。馬に前進の合図を送りたいとき、それも強い興奮を与えたいここぞという場合に、扶助としてこれを用いるわけだ。

猟兵隊には行動の軽便さを考慮して、筒丈の短い、重いが頑丈で分厚く、底には鋲《びょう》と金具の打ってある編上靴が支給された。これに柔軟なゲートル《ガマッシュ》を帯びる。

オルクセンの靴は作りが丁寧で、如何にも職工の腕自慢の国の産物らしく、ダークエルフたちを感嘆させたものだった。

ヴァルダーベルクへと、次に届けられたのは小銃だ。

あの高性能を誇るエアハルトＧｅｗ七四系統の銃が、五丁一組で木箱に納められ、一度にではなかったものの、陸続として軍用馬車に載せられて到着した。

どれもこれも造兵廠で製造され、検品を終えたばかりの、銃床にとりつけられた真鍮製板に打刻の製造番号も真新しいものばかり。

これはたいへんな厚遇だった。

Ｇｅｗ七四は、まだ採用されて二年ばかりである。

国内に二つある小銃製造能力を有する造兵廠は、年間これを計一二万丁生産できる能力があるとはいえ、未だオルクセン軍全部隊の前世代小銃を更新するには至っていない。そのうちの八〇〇〇余丁を割かれたというのは、軍上層部で何か思い切った処置が成されたに違いなかったのだ。

騎兵用の騎銃、猟兵や工兵、砲兵用の短小銃、あるいは、射撃技量優良者に与えられることになっている小銃……

銃が届くと、執銃訓練――――銃を携えた教育が、実感を以て一挙に進むようになった。

それまでも、基礎体力作りや、整列、行進や行軍といった兵士としての基本的動作の訓練は行われていたものの、小銃を模したかたちで木材を加工しただけの木銃や、あるいはそれさえ不足して棒くれを用いていて、ごく僅かに前世代銃のＧｅｗ六一があっただけだから、真新しい小銃が届きその木箱が開封されるたびに、営庭のあちこちで歓声が上がった。

次に、オルクセン国内最大の鉄鋼及び鉄鋼製品製造会社にして火砲メーカーであるヴィッセル社から、山砲や山野砲が届いた。

ヴィッセル五七ミリ山砲Ｍ／七二、同七五ミリ山野兼用砲Ｋ／七二……

もちろん、砲のみならず、砲兵観測機器、弾薬を搭載する前車や弾薬車、予備品車、馬匹にこれらを牽引させるためのオルクセン式頸圏式輓馬具といったものも、定数いっぱい。

輓馬具は、オルクセン軍の輓馬用のものは非常に大きいので、サイズを若干改定して新規に製造された、アンファングリア旅団専用のものだ。

これら砲兵器材の到着には、本当に助かった。

砲兵は、砲がなければ訓練をやれない。

もちろん観測術や操砲法そのほかの座学はやっていたが、それまでは同じく首都に衛戍《えいじゅ》する第一擲弾兵師団から予備砲を一門ずつ借り入れさせてもらって、砲兵配置になる者たちが順繰りに操作し、習熟に励んでいたのだ。

砲兵の任務は、砲を撃つだけではない。

その牽引。展開。陣地転換。そして日常的な整備。

そういったものへの実感を持てる訓練は、やはり数が揃ってこそ一挙に進むようになった。

輜重《しちょう》馬車や野戦炊事馬車も届いた。

メラアス種での輓引《ばんいん》には、オルクセン軍の重輜重馬車や大型野戦炊事車は重すぎ、全て軽量型を以て編成を行うことになっており、旅団への配備がここに終わった。幌の側面に、レマン国際医療条約に基づく赤星十字を描いた医療馬車も同様。予備車両、予備品類もまた。

最後に数が揃ったのは、そのメラアス種の乗馬や軍馬だ。

これには、オルクセン国内最大の総合商社であり軍御用達の物品調達業社でもあるファーレンス商会が大いに働き、東にある人間族の隣国ロヴァルナから、大量のメラアス種輸入に成功した。

ロヴァルナは星欧諸国のなかでも指折りの馬産国であったし、そのオルクセンとの国境地帯には低地オルク語を話す地域があり、同地で育てられた馬が最適だと判断された結果である。

馬は賢い生き物だ。

言葉を聞き分ける。

その馬たちが、今後も使用することになる言語環境で育てられたものだというのは、たいへん重要なことだ。

流石にロヴァルナ産だけでは全てを賄えず、西隣のグロワールや、海を越えて隣り合わせるキャメロット産の馬も幾らかあったものの、それらも聡明な選りすぐりの馬ばかりで、早晩、隊になじんでくれるに違いない。

騎兵連隊に配される将兵たちは、さっそく乗馬での教練に励んだ。

将兵たち本人の習熟のためでもあったが、それは同時に乗馬や軍馬たちの教練でもある。馬は本来、群れをつくる生き物だ。だが中には、同輩といえども見ず知らずのものと集団で行動することを好まない、プライドの高いやつもいて、これらを徐々に慣らしていかねばならなかった。

始めは小隊。

次いで、騎兵にとっての基礎戦闘単位となる、中隊。

そして中隊がまともに動くようになって初めて、連隊での教練――

ダークエルフ族の者たちは馬を扱うことに長けていたが、個人での騎乗技巧が優れていることと、集団としての技量が優れていることは、必ずしも同義ではない。

彼女たちは懸命に、そして愛情を以て、それぞれの新たな相棒となった愛馬たちと相互に信頼感と技巧を深めていった。

まさしく、騎兵とは乗り手と馬とが一体となって初めて実現するものである。

――ともかくも。

ここにアンファングリア旅団の、部隊としての態がようやく整った。

騎兵連隊三個、山岳猟兵連隊一個、山砲大隊一個、工兵中隊一個、架橋中隊一個、弾薬中隊一個、輜重大隊一個、野戦衛生隊一個、野戦病院部一個。総兵員数八三一〇名、馬匹四九〇二頭、五七ミリ山砲一二門、七五ミリ野山砲一八門、各種軍用馬車約三〇〇両――

それは旅団と呼ぶにはあまりにも大規模な部隊で、一個の独立した作戦遂行能力を持ち、小さな師団のようなものだった。内容と規模からいって他国なら騎兵師団と呼んでいてもおかしくない。

しかも最初から諸兵科連合の編制を採り、完全に充足されていて、つまり、即応力、機動力、戦闘力の全ての点において極めて高い。

ディネルースは編成の完結報告書に署名し、陸軍省、国軍参謀本部、そして国王グスタフ・ファルケンハインに送った。

――編制、編成。

軍隊の用語は、やはり面倒くさい。

編制とは、平時からの法令や予算措置上の用語。例えば、これこれこういう部隊を作りますよという文書に見られる。官庁でいえば陸軍省が財務省に提出する書類など。部隊の定員や、装備の定数がこれによって決められている。

アンファングリアが旅団を名乗ったのは、実はこのためである。オルクセンの場合、国防法と呼ばれる法律で師団の全体数が決まっていて、法改正もなく師団を名乗らせるわけにはいかなかったのだ。

一方「編成」とは、この編制を基に新規の部隊を作り上げること。あるいは演習や戦時等で臨時に他部隊を組み込んだり、損害を受けた部隊を現地で集め直すような場合を指す。前者を「新編」といい、既に作り上げられた部隊を改正編成することを「改編」、集め寄せることを「集成」などとも称する。

以上を踏まえて——

通常、諸兵科連合部隊は、必要に駆られて様々な部隊を臨時に組み合わせて——つまり「編成」して作る。

ところがアンファングリア旅団の場合、最初から騎兵を中心にして、猟兵や、砲兵を組み込んだ「編制」になっていたことに、最大の特徴があるわけだ。

もっとも、ディネルースに言わせるなら、錬成はまだまだといった状態にある。

「錬成」とは、これが果たせた場合、対象部隊がいつでも戦場に投入できますよと太鼓判を押せる、種々様々な訓練を深め、兵たちが士気の面においても技量の面においても円熟した存在に到達できた状態を指す。錬成未熟であれば「練度不足」ということになる。

つまり、アンファングリア旅団の現状は「新規に予算が組まれ編制された部隊が、編制通りに編成された状態」。そして、見た目こそ出来上がったが、まだまだ練度不足というわけだ。

ともかくも、内外へのお披露目にあたる編成完結式をやろうということになった。

グスタフ王臨御のもと、軍の高官、官僚、有力者、更には諸外国の公使及び駐在武官、内外の報道機関なども招き、閲兵式を行う――

隊の工兵隊の手を使い、第一擲弾兵師団から応援も来て、旅団衛戍地の営庭に巨大な雛壇状の閲兵台が作られた。白地に黒の横帯、つまりオルクセンの国旗の色合いで装飾の幕もふんだんに掛けられる。

軍楽隊もやってきた。アンファングリア旅団には流石に軍楽隊は属しておらず、こちらもやはり第一擲弾兵師団のものだ。

初夏を迎えても、首都ヴィルトシュヴァインの気温はそう上がらない。

摂氏二四度。

湿気もなく、風は清涼なばかりで、過ごしやすい。

気持ちのよい陽光が降り注ぎ、樹々の青々とした葉を煌めかせる。

この日が素晴らしい気候になることを、ディネルースは既に知っていた。

前日に二度、そしてこの日の早朝に一度と、あの大鷲族のヴェルナー・ラインダースが自ら首都上空を三度も飛んで、きっといい天気になると、魔術通信を寄越してくれたのだ。

「旅団の編成完結を祝す」

と、通信の末尾にあり、ディネルースは、

「貴殿の友誼《ゆうぎ》に感謝す」

と返した。

式典開始二時間前には、続々と参列者が来賓した。

軍や政府の高官。

各国の公使。駐在武官。

国内の有力者。どういう立場にある者なのか、やたら派手に着飾ったコボルト族の貴婦人までいた。

グスタフはかなり早く、ゼーベック上級大将と、陸軍大臣のボーニン大将、騎兵監のツィーテン上級大将を伴い到着し、式典開始までの控室となった旅団長室でディネルースの成果を讃えた。

「よくやった、少将」

しごくあっさりとした言葉だったが、その力のこもり具合、握手の熱さ、瞳の色などから、彼の配慮が深く感じられた。

ディネルースの、年齢に練られた観察眼によれば、どうもこのときの彼はあれこれ面倒くさくなってこのような挨拶をしたらしかった。

この王にとって生来の照れ屋の地が出てしまい、余計な装飾を労《ねぎら》いに施して、いえいえ王のおかげですなどと返されるのは面倒だったし、このあと式典で鹿爪らしい挨拶をしなければならないのが、やはり面倒だったのだ。

ボーニン大将とツィーテン上級大将には、既に面識があった。

とくに後者の印象は深い。

陸軍における騎兵科の統括者で、この国に三名しかいない上級大将のひとり。気難しそうな顔つきをした老将であり、関節リウマチの持病があるためあまり表には出てこないものの、この国の軍隊における騎兵科の親玉だというので、ディネルースのほうからこの年の春のうちに挨拶に出向いたことがある。

彼は、オルクセン陸軍では継子《ままこ》扱いされがちな騎兵を、辛苦の挙句、まがりなりにも形あるものに育て上げた根っからの軍人で、ロザリンドの会戦にも、デュートネ戦争にも従軍したという古強者《ふるつわもの》である。

ゼーベック上級大将やシュヴェーリン上級大将とともに、草創期の新生オルクセンを支えた牡――つまりグスタフの最側近のひとりでもあった。

言葉少なく寡黙な性格だったが、どういうわけかディネルースのことを気に入ってくれたようで、教えを乞うという態で挨拶に訪れた彼女に、

「なんの、なんの」

儂なんぞからは教えることは何もないと謙遜しつつ、ロザリンド会戦やデュートネ戦争の昔話を幾つか聞かせてくれた記憶も新しい。

――この式典より、少しばかり後日のことだが。

ツィーテン上級大将が、かつてこの国の騎兵にもっと機動性を与えようと何度も試み挫折していたこと、それゆえにアンファングリア旅団に理想を託そうとしていたこと、あの演習終了後にシュヴェーリン上級大将がこの朋友を訪れディネルースのことをおおいに褒めて北部に還っていたこと、

そしてそれらの結果、旅団の軍馬調達のために関係各所への発破をかけてくれていたことを彼女は知る。

それらの事実は第三者より知らされて、さてそこまで気に入ってくれていたのかと驚きもしたし、またそのような密かな配慮を成し、これを黙してもいたツィーテン上級大将への好感を深くしたものだった。

「少将、準備のほうもたいへんだろうから、私たちのことは気にしなくていい。私たちは式典までのんびりしておくから」

グスタフの言葉は、王としてはどうなのかというものだったが、有難かったのも事実だ。


軍の式典というものは、厄介なものである。

ましてや、主催者役ともなると。

開始されるその瞬間まで準備に忙殺されつつ、周囲からはさも余裕があるような、見栄えの良さを演出しなければならない。

「では」

ディネルースは敬礼し、ありがたく退出した。

ただし、いくら彼女でも、王と将軍たちに熱いコーヒーと、菓子を出させるくらいの配慮はやっている。

式典は、午前一〇時に始まった。

まずは、軍楽隊の演奏。

オルクセン国歌「オルクセンの栄光《オルクセン・グローリア》」が吹奏され、来賓者も全員が起立、国旗と国歌に対して敬意を表する。公式な式典ゆえに、珍しく軍用兜を被り、雛壇中央の閲兵台についたグスタフもまた、例外ではない。

この王は、常に己を国家という存在よりも下に扱った。われ即ちオルクセンであるとか、至高であるといったような傲慢は決してやらなかった。それどころか誰よりも真っ先に、国家に仕える者であろうとした。そこが如何にもグスタフらしい――

オルクセン・グローリアは、管楽器を多用し、軽快さと重厚さを兼ね備えた曲だ。デュートネ戦争の、国土防衛戦の最中に作られたもので、行進曲としての側面もある。

母なる大地　母なる国よ
母なる大地は　我らのもの
母なる豊穣は　我らのもの
黄金色の麦
白銀色の山河
黒き森の樹々
護るにあたりて

家族の如き団結あらば
誓ってそれを成し遂げん

曲の成り立ちが成り立ちゆえに、行進による軍靴の響きもまた曲の一部だという捉え方をされている。

ゆえに、閲兵式の場合は国旗の掲揚式はなく、演奏の開始とともに受閲部隊の営庭進入は始まり、その最先頭に国旗を掲げた兵がいる。来賓者たちは、この国旗が通過するまで、立ち続けるのが公での習いということになる。

白地の上下に太い黒の横帯、中央やや左寄りに跳ねる猪。

オルクセン国旗だ。

見栄えのため、旅団のなかでもとくに体格のよい旗手が選ばれ、これを高く掲げて入場した。

旅団旗と、騎乗したディネルース以下旅団幹部は、その後ろへと続き――

その背後に、受閲全部隊が連なる。

アンファングリア旅団の旗は、オルクセン国軍の多くの部隊の軍旗と同じく、黒地だ。

ただし、そこには殆どの場合国旗と同じ跳ねる猪か、交差した牙が白く描かれているのだが、アンファングリアの場合は違っていた。旅団名称の由来に合わせ、高く吠えあがる巨狼の姿があった。

続いて、旅団の主力たる、騎兵連隊三個。

三二騎の小隊ごとに二列横隊となり、これを四つ縦列に重ねて、騎兵部隊の基本的な戦闘単位による密集行軍隊形、一五九騎の騎兵中隊縦列を成す。

アンファングリア旅団にはこの騎兵中隊六個で編制された騎兵連隊が三つあったから、総じて一八個中隊。各連隊本部も加えると、二九五二名、二九八二騎。

全員があの黒の熊毛帽に、白銀絨の縁取りや飾線、飾帯入りの肋骨服、乗馬仕立ての軍用ズボンという姿であったので――

まるで黒色の奔流、波濤、津波のようだ。

「おお……」

参列者たちの口々から、歓声と感嘆、嘆賞が漏れる。

流石に馬の毛色までは揃っていない。

だが集団の先頭にあって、グスタフへとサーベルを捧げるディネルース・アンダリエルの乗馬は、見事なものだった。

艶やかな青毛に、額から鼻筋にかけてダイヤ形をした白毛がある。

これは旅団に到着したメラアス種のなかで最も美しく、それでいて逞しい、持久力や肝力にも申し分のない素晴らしい牝馬で、旅団の総意によりディネルースが乗ることになった駿馬だ。

本人としては若干の面映ゆさもあったが、配下の者たちにしてみれば、あの苦難に満ちた脱出行からこれまでの彼女の労苦に対する正当な供物といったところだ。

ディネルースはこの見事な馬を、シーリと名付けていた。

彼女の軍帽には、あの大鷲族ラインダースから贈られた大鷲の羽根も飾られていたから――

どこか神話伝承上の登場人物めいてさえ思えるほどの、見る者を惹きつけてやまない何かがあった。

ディネルースは、元より美しい。

それは線の細さや可憐さのような深窓のものではなく、眉根と目元に不屈や不譲があり、長身の四肢には逞しさとしなやかさがあって、野趣美の極致といえた。

そんな彼女に続く約三〇〇〇騎が連綿としてサーベルを捧げ、グスタフ王の前を通過したときには、はやくも式典は最高潮に達した感があった。

陽光に煌めくサーベルの林が、一斉に捧げられる様は、華麗であり、壮麗でありながら、この集団が合わせ持つ禍々しさも想起させずにはいられない。

デュートネ戦争から六〇年。

火器の発達著しいなかにあって、騎兵はいまだ一種の戦略兵科だと捉えられている。

その奔流こそが戦場の勝敗を決すると信じている者も多く、そのような者たちにとって三〇〇〇という数はこの上ない勇壮にして武威、明白な脅威でもある。とくに人間族の国々の駐在武官たちから注がれる視線は真剣だった。

軍歌の調べが変わった。

鼓笛や軍鼓をふんだんに取り入れた軽快な前奏に、管楽器の響きが重なる。

陸軍公式行進曲「嗚呼、我らが王《デア・マイン・ケーニヒ》」。

やはりデュートネ戦争の最中に作られた、グスタフを称える目的で楽譜が書き上げられたという、勇壮な曲だった。

グスタフ本人は曲そのものはともかく、題については「もうちょっと何とかならんかったのか」と感想を漏らしたことがあるらしい。勘弁してくれ、そう言いたげだったといい、彼の性格をわかりかけてきたディネルースには、そりゃそうだろうなとも思える。

ただし、確かに曲そのものは素晴らしい。

その調べに合わせ、営庭を反時計周りに巡っていく騎兵連隊に続いて現れたのは、アンファングリア山岳猟兵連隊。

総勢、二〇九六名。

小隊二列横隊を重ねた中隊縦隊をさらにまとめ、三つある大隊ごとの密集行軍隊形。

こちらもまた、黒を基調に白銀絨の軍装である。ただし肋骨服ではなく、将校たちはダブルブレスト、兵たちはシングルブレストの、比較的装飾美のないもの。

ただオルクセン陸軍の同兵種とは明確に異なる点があって、彼女たちはその全員が庇《ケ》つき筒型軍帽《ピ》を被っていた。

グロワール式のものに近かったが、フェルト製で、帽芯はない。帽の天の部分より胴のほうが長く、天の前縁にはかたちを保つための山形の縫いがあり、一種独特である。

これは、彼女たちの尖耳を邪魔せぬよう、なおかつ山岳地での行動を考慮し、あれこれ試した上で採用された意匠だった。もちろん、左側面にはダークエルフ族部隊を示す、白銀樹の葉を模した金属飾りが全員にある。

羅紗製の、フード付きで腰丈までのケープ型外套は民族衣装の特徴を取り込んだもの。

そして腰の後ろには、銃剣とは別に、革鞘に収まった大振りの山刀があった。鉈に近く、柄が湾曲した形状をしていて、ダークエルフ族独特のものだ。

困難辛苦を極めたシルヴァン川脱出行を乗り越えてなお皆が皆故郷から携えてきたもので、枝を掃うにも、物を割くにも、何にでも使えて、山に入るなら欠かせない必需品と彼女たちは見なしており、正規の部隊装備品になった。

彼女たちの主武装は、短小銃だ。

長さは騎兵銃と代わりない。ただ、サーベルを帯びる騎兵のそれには銃剣の着剣機能がないが、こちらにはある。

小隊に一名の割で、短小銃より長い、通常のGew七四小銃を持つ者もいた。

射撃技量が格別に優れていると選抜された兵たちで、彼女たちはダークエルフ族の特性を活かし、長射程射撃や狙撃を受け持つ。

「かしらぁ、右!」

猟兵に限ったことではないが、軍隊において銃を携える兵は、一種独特の敬礼をする。

敬礼を受ける者——この場合はグスタフに対し、号令一下、一斉に頭を右に向ける動作で礼を示すのだ。さきほどの騎兵連隊がサーベルを捧げた所作もこの一種で、同様の敬礼は、猟兵の指揮官ら将校も行う。

また軍旗を掲げる者は、この際にこれを前方に寝かせる動きをする。アンファングリア猟兵連隊の場合、連隊旗と各大隊旗の四本だ。

猟兵連隊の行進もまた、招待者たちに感銘を与えた。

彼らが日頃見慣れているオークの軍隊は、どうしても足が太く短く見える。

巨躯を揺らせて行進する様には特有の重厚感と武威があり、おまけに地響きまで実際に伴っていたが、華麗さや壮麗さには程遠い。アンファングリアにはそれがあった。

その総員が女だということもあるが、これはもうシルエットの問題だった。ダークエルフは、種族の特徴として、みな脚が長い。それが一斉に揃っている様は、この国の軍隊としてはやはり彼女たち特有の陰影といえるだろう。

行進曲は、次なる調べへ。

面倒な前奏などなく軽快な管弦とともに一気に始まったのは、行進曲「進め、兵隊《フォアウエルツ・ソルダテン》」。

この曲の歌詞は、ちょっと面白い。

兵士たちが進むとき
彼らは戸惑い　怒鳴りあう
進め！
なんだって？
進め！
なんだって？
何言ってるのかわからねぇよ

もう一度言ってくれ
いいから進め！　そら進め！
トテチトテチタ　トテチトチトタ
わからなくてもいいや　もういいや
トテチトテチタ　トテチトチトタ
可愛いあの娘のため　進むとしよう

　この曲、デュートネ戦争のころはまだ低地オルク語が浸透しきっていない環境下で、出征したオーク、ドワーフ、コボルトたちが互いの言葉を聞き返し、尋ね合い、戸惑いながら戦場を駆けたため、彼らのなかから自然発生的に生まれたものだという。

　だから、比較的意味が通じやすかった、擬音まで歌詞になっている。曲自体は、オルクセンの一〇月に全国的に開かれる、豊穣祭における定番民謡が元になっていた。つまり、誰しもが聞き慣れている調べだ。

　当時、最大の流行歌だったと回顧する者もいる。即ち「オルクセンの栄光」や「嗚呼、我らが王」よりも。

　軍歌というものは面白い。

　上が作ったものほど荘厳で、鹿爪らしく、真面目にできていて、このように兵士たちのなかから自然発生的に生まれたものほど、無垢で、ぼやきに満ち、感情が溢れ、それゆえに耳にした者の心を掴むところがある。

「可愛いあの娘のために」の部分など、いまでこそちょっと微笑ましいが、デュートネ戦争当時としては艶めかしささえあったかもしれない。

流石にこの閲兵式では歌唱までは行われなかったものの、オルクセン各地各部隊なりの替え歌も数え切れぬほどあり、この曲を好む者はいまでも多かった。

この軽快な調べに乗って閲兵場に現れたのは、砲兵たち。

猟兵連隊の五七ミリ山砲中隊二個一二門と、旅団山砲大隊の七五ミリ野山砲一八門だ。

四頭、あるいは六頭で馬匹牽引された砲そのものと、その弾薬を納めた前車や弾薬車。

兵たちは砲車や前車に乗るか、馬匹に騎乗している。

火砲は、魁偉だ。

見る者を圧しながらも魅入らせてやまない、そんな禍々しさがある。

その様子と、軽快な曲は一種の対比になって相乗し、よく合った。

猟兵連隊山砲隊の一二門という編制は、やや奇異に思える者もいたが、これは軽歩兵科独特のものだ。

大きなくくりでは同じ歩兵である擲弾兵は、オルクセンの軍制ではその大隊に自前の五七ミリ砲を二門持っている。連隊には六門の七五ミリ野山砲が連隊砲としても存在した。

だが軽快な機動を旨とし、山岳地にまで展開することを目的とした山岳猟兵大隊は、純粋に猟兵だけで編制されており、必要に応じて連隊から砲を配することになっている。

まず、このための山砲が六門。

猟兵連隊には三つの猟兵大隊があったから、運用的には二門ずつ配る。そして猟兵連隊本部が直接的に手元で管轄する、連隊砲としての山砲が六門。

なんのことはない、最初から配ってあるか必要に応じて配するという建前の違いだけで、合計の門数は同じことだった。ごちそうの卵を個別に持っているか、まとめて籠に盛ってあるかの違いといえばわかりやすいかもしれない。全て山砲なのは、やはり兵種の目的ゆえ。

彼女たちに続く、旅団直轄の七五ミリ野山砲一八門から成る山砲大隊が、アンファングリア旅団最大の火力ということになる。

オルクセンの軍制にはもっと火力の大きな編制の野砲大隊や連隊、旅団、あるいは攻城戦にも使える重砲旅団もあったが、それらは部隊規模として大きく、また運動性の点において重厚にすぎ、快速な機動集団を目指すアンファングリアの編制には取り入れられなかった。

オルクセンの優れた七五ミリ野山砲が、その名の通り、山砲を兼用できる程度には重量を抑え込みつつ、他国の野砲を凌駕するほどの性能を有していた影響もあった。

どちらの砲兵たちも、基本的には山岳猟兵連隊と同じ軍装をしていた。

砲兵が自衛用に使う銃もまた、短小銃型で変わりはない。

続けて、工兵中隊と架橋中隊。

どちらも同じ工兵科だが、前者は前線近く、あるいはときには前線そのものにまで直接追従して、爆薬等を使用し、敵の構築した障害を破壊処理する。そうやって味方の進撃路の確保、また本部や砲兵陣地の構築、障害物のリスト作成など防禦全般の支援に当たる。

後者は、浮橋を架けて渡河作戦を支援することが主たる任務だが、そういった必要のない場合には陣地構築支援等にも回る。

軍事上の分類では、戦闘工兵と建設工兵という分け方をすることもあった。

彼女たちは、徒歩と、機材を収めた軍用馬車隊の隊列で閲兵を受けた。

輜重馬車隊や衛生隊は、その全力は閲兵式には参加しなかった。

彼女たちの数が多すぎたという理由もあったが、何もオルクセンの軍制全てまで諸外国に披露することはあるまい、という判断による。

営庭の中央部に、閲兵参加の諸部隊が集結を終えたところで、演奏曲もまた楽譜を改めた。

第一擲弾兵師団の軍楽隊は、儀仗役を務めることが多いだけに手練れていて、鼓笛と軍鼓による間奏を挟ませて、たいへん上手く間合いをとった。

演奏されたのは、お披露目としてはこちらも今日が初めての曲になる。

騎兵の蹄音に負けぬよう故意にゆったりとした曲調で作られ、またダークエルフ族の民族音楽の調べを取り入れてある。

新たに作詞作曲された、旅団歌だ。題は隊名そのままに「アンファングリア」。

アンファングリア
アンファングリア

我らにもはや白銀樹は無し
許容も慈悲も　既になし
憎しみは無尽　渇望の如し
乾いた顎で　喰らいつけ
血濡れた顎で　噛み殺せ

この場では歌唱こそされず、調べはたゆたう大河の流れにさえ聞こえたが、その歌詞は凄絶極まりない。

旅団のなかで、詩作の得意な者が歌詞を編み、楽器演奏の心得のある誰かが譜をつけて作り上げたものだ。

「白銀樹は無し」とは、彼女たちの護符の習慣に因んでいて、生まれ故郷はもはや存在しない、という意味である。

既に旅団内には、流布している。

ダークエルフ族は、元々楽曲や舞踊を好む。

各小隊に一名くらいは、リュートや横笛、コンサーティーナなどの得意な者が必ずいて、なかにはそういった楽器を後生大事に抱えシルヴァン川を渡ってきた者もいる。

このヴァルダーベルクで、夜になり、酒肴が入ると、彼女たちも最初は、故郷の歌謡などを歌っていた。

だがやがて、時期的には旅団の名が決まったころ、自然発生的にこの曲と歌詞が生まれ――編成が進めば進むほど、浸透した。

彼女たちにしてみれば、この曲が、この曲こそが、故郷を思い出させた。そこであったあの凄惨な虐殺をありありと想起させることが出来た。

脱出直後こそ、触れたくもない過去だった者も当然いた。

だがいまでは、誰もが歌う。

まるで昏《くら》い情熱であり、古傷を自ら開いて塩を塗り込むような、他者からすれば目を背けたくなるような自虐があった。

だが彼女たちは口を揃えるだろう。

――同情も憐憫も無用。

だから。

――とっとと喰い殺させろ。白エルフどもを。

ダークエルフ族は、決して可憐な妖精などではない。むしろその決意と選択は凄絶であり、迷いなどなく、きっぱりとしていた。

オルクセン軍の上層部としては、配慮のひとつとして彼女たちの部隊歌を作ろうとしたに過ぎない。そしてこの式典に合わせて楽譜を書きあげようとディネルースたちに相談したのだが、実にあっさりと、間もおかずにこの曲と歌詞が戻ってきて、若干戸惑いもしたのだ。

演奏が終わると――

営庭中央部に、アンファングリア旅団のほぼ全貌が揃っていた。

ある者は見惚れ。

ある者は同情の念を抱き。

またある者は、彼女たちの瞳に宿る昏い感情に気づき、慄《おのの》きもした。

王グスタフ・ファルケンファインがどのような感想を抱いたかは、公式には詳《つまび》らかになっていない。

だが少なくとも、ディネルース・アンダリエルには、わかったような気がした。

訓示を述べる前、王はそっと彼女と視線を合わせ、小さく頷いてみせたからである。


「兵士諸君。

アンファングリア旅団の兵士諸君。

ゆえなくして故郷を追われた君たちを、我がオルクセンは心より受け入れる。

この新たな地を以て、平穏安寧に暮らしていく選択肢も君たちにはあった。

我が国はそれでも君たちを受け入れただろう。

だが自ら銃をとり、轡《くつわ》をとり、砲を備え、我が国に仕えてくれる選択を君たちは為した。

私はその選択を決して忘れない。

決して！

だからもう、ここは君たちにとっても祖国だ。

新たな祖国だ！

豊穣の大地、黒き樹々、たゆたう河川。

北の海、果てなき空、恵みの太陽。

ここは君たちの母なる国だ！

君たちはそれを忘れないでほしい。

決して忘れないでほしい。

胸を張って誇ってほしい。

我らと糧をともにしていこう。

この言葉を以て、旅団編成の完結を祝す。

星暦八七六年七月四日
オルクセン国王グスタフ・ファルケンハイン」

——さてさて。エルフィンドはどう出るかな。

表情や姿勢を緩めず、グスタフの祝辞に込められたものに心を揺さぶられ感謝もしつつ、ディネルース・アンダリエルは昏い炎で自らの感情を弄んでいた。

彼女は、アンファングリア旅団の編成が、政治的目的を含有することも理解している。

これで、ダークエルフ族がこれほどの集団を以てオルクセンに亡命し、武装し、牙を研いだ事実が内外に知れ渡ることになったのだ。招いた各国の公使や新聞記者たちが、その事実を彼ら人間族の国々にまで広めるだろう。

王は、しっかりとその理由にも触れている。

「ゆえなくして故郷を追われ」

さてさて。

さて、さてさて。

エルフィンドはどうするか。

きっとグスタフ王の周辺や、オルクセン外務省が、より詳しくいったい何があったのか、周辺国からの問い合わせに応じるかたちで「漏らし」もする。

これでエルフィンドという国家の持つ、楚々として、平穏で、神話上の妖精じみた可憐で清廉な国という心象は吹き飛んでしまうだろう。

演説はオルクセンがどう対応するつもりなのかも、きっぱりと示していた。

そのダークエルフたちを「本人たちの選択のもとで」武装させたのだ。


――機会を得ればエルフィンドをぶっ潰す。


そう宣言したに等しい。

楽しくて仕方がない。

楽しみで仕方がない。

もっと牙は研ぐ。研ぎ続ける。

我が祖国だったもの、エルフィンド。

せいぜい、もがき、苦しみ、嘆き、じたばたと踊ってほしい。

我が旅団が。

あの誇らしき旅団歌で伴奏して差し上げる。


アンファングリア旅団は編成を終えると、錬成を深めつつ、徐々に実働任務を負いはじめた。

グスタフの構想通り彼の直轄部隊となり、ヴァルダーベルクから騎兵一個中隊ずつを国王官邸に派遣して、官邸及び国王警護の任を担当したのだ。

毎朝一〇時ちょうどに首都近郊北西にあたるヴァルダーベルクを出発し、衛戍地前のシュッチェ通りを西へ。

そこからグランツ大通りを南に折れ、市内を東西に流れるミルヒシュトラーセ川を、アルデバラーン大橋を使い、渡る。

するとデュートネ戦争戦勝凱旋門のあるフュクシュテルン大通りとの交差点に入るので、東に折れ、すぐ南に曲がると、まず国軍参謀本部の巨大極まる大理石造りの建物が見え、あの毎週土曜に朝市が開かれるヴァルトガーデン前。左を、西のほうを見れば国王官邸の裏門に到着する――

行程約八キロ。

メラアス種による騎兵の常歩《なみあし》で一〇分とかからない計算になるが、途上の交通状況等を含め余裕を見込んで、一五分弱といったところ。

国王官邸は、上空から見ると凹型をしていて、窪んだほうが裏側だ。窪みは中庭兼馬車口で、中隊はここに馬を繋ぐ。

午前一〇時半より、官邸前にてそれまでの当直たちと、交代式。

国王官邸衛兵となった彼女たちは、ここから二四時間、翌日の交代まで正門や裏門、あるいは国王外出時の警護に就く——

たいへん信じられないことだが、それまでオルクセン陸軍には近衛師団や親衛隊の類が存在しなかった。強いていえば、儀仗部隊の役割も担ってきたあの第一擲弾兵師団がこれに近いが、彼らの任務は国王の警護ではなく首都防衛とされていた。

国王はどこに赴こうと在所の部隊をいつでも指揮下に入れられるのだから、それでよしとされてきたのだ。

一二〇年前、ロザリンド渓谷の戦いで没した先王は、国内から特に選りすぐって集めた巨躯のオーク族兵を近衛連隊として使っていたものの、これとて現在は通常の軍部隊となっている。

ではいままで国王官邸の警護は、どうしていたのかというと——

ヴィルトシュヴァイン警察から警察官が派遣されてきており、ただそれだけだった。

過度な装飾を嫌う上に、何処へでも微行で赴きたいグスタフの性格が理由だったのだが、いまや星欧屈指の列商国の一つともなっているオルクセンの最高権力者の警護としては、なんとも不用心なのも事実ではあった。

元々、どうにかしてはどうかという意見はあったらしい。

であるから、アンファングリアが国王官邸及び国王周辺警護を担うことには、さほど反対はでなかった。長きにわたるグスタフ王の治世下で、初めて近衛らしい役割を担ったのが彼女たち、というわけだ。

配置は正門に一個小隊、裏門に二名。そして、官邸の中枢たる国王執務室前に二名。

熊毛帽に肋骨服というあの常装に、騎兵銃とサーベル、それに拳銃を装備する。

拳銃は本来なら将校の自弁品になるが、任務の性質上、二個中隊分の部隊装備品が用意されて、警備に就く中隊はこれをヴァルダーベルクで帯びてくるわけだ。

アンファングリア旅団による国王官邸警護は、すぐに市民たちの話題になった。

その往復の騎行も、官邸での配置も。

背丈があり、美形揃いで、尖耳をしていて、どこかしなやかな猛獣を思わせる彼女たちの姿は華麗、美麗、勇猛に見え、その様子を一目見ようと最初のうちは野次馬が並び、とくに小銃操演《ライフルドリル》を含む交代式が注目を浴びて、落ち着いてからも一種の観光名物のようになった。

——要はこれも政治だな。

ディネルース・アンダリエルはそのように理解している。

もちろん、実務上の役割を負っているのも確かだ。

だがオルクセンの国王官邸に彼女たちが警護に就けば、当然ながら社会の耳目を集め、話題となる。

市民はおろか、外交筋を含む人間族の口にも上ったし、外電で新聞記事にもなった。

つまりエルフィンド側からすれば、強烈な嫌味でしかない。

痛快ではあったが、だからこそ、手は抜けなかった。

なにか粗相をしでかせば滑稽な話題となってしまい、むしろ逆効果となる恐れまである。

制度が始まって最初のうちは、警護に就く各騎兵中隊にディネルース自身が付き添い、丁寧に指導もし、また自身もこれを第一の任務とした。

何しろ、彼女の目から見れば旅団はまだまだ練度不足だ。この任務自体が練度の向上にも役立ったものの、心配でいけなかった。

旅団における書類決裁のあれこれは、急を要するものがあれば騎兵なら誰でも伝令のために腰に備えている革製図嚢におさめて運んできてもらい、衛兵たちの詰所となった部屋の一隅を借りて、そこで処理をした。

ただ、これはこれで問題がある。

あまり鹿爪らしく何にでもついて回り、細かく口を挟み過ぎれば、兵たちの過度の緊張を招くし、正式な衛兵司令役を務める各中隊長の顔を潰しかねなかった。だから衛兵詰所に居続けるわけにもいかない。

だがせめて、一八個の中隊がその役割を一巡するまでは見ていてやりたかった。

最初のうちは、警護のためもあって官邸各所を見せてもらったり、ついで国王副官部の連中と親交を持ったりで時間を潰したが、やがてやることもなくなって、どうしようかと思っていると、

「いい加減にしておけ。そんなに閑なら昼飯の相手でもしろ」

グスタフに呼び出されるようになった。

この王は、臣下たちの姿の見るべきところは見ている。

「少しは部下を信用せんか。上に立つものの普段は、下からは閑そうにしているように見えるくらいで丁度いいのだ。立ち上がるのは何かあったときにだけで十分だ」

「……そんなものか」

「ああ。そんなものだ」

自然、王からの相伴の誘いが増え、親交の機会が深まった。

共通の話題となったのは、書籍についてだ。

意外なことのようだが、私人としてのディネルースは本をよく読む。

とくに神話伝承、奇談奇譚や怪談の類が好きで、本人自身が妙な趣味だと思っているが、思い切り強い火酒を飲みながら、夜そのような内容の書を読むのは夢中になれた。

グスタフは、かつて許した通り双方日常通りの口調で、彼女の故郷の神話伝承などを聞きたがった。

国交を断っているオルクセンにしてみれば、世で最も手に入りにくいのがエルフィンドの書物で、そこに書かれていることは彼の知的好奇心の対象になったのだ。

昼食の席と、それに続く午睡の時間に、よくそんな他愛もないがゆえに楽しさばかりの歓談をした。

そのような機会が増えると、これは以前からディネルースも認識してはいたが、グスタフの知識量はたいへんに豊富だった。

南の、ずっと南の大陸には、大陸が二つに分かれていく大断崖と大瀑布があるだとか、遠くマウリアの地には何と三〇〇以上の藩王がいるであるとか。

海のむこうの国キャメロットの、そのまた海の向こうの国センチュリースターから西に広がる大瞑海《パンサラッサ》にはずっと嵐が荒れ狂って、何度も挑戦はされているが、いまだその大海を渡った者はいないのだとか。

東の果て、道洋の、大瞑海との境にある絶道の島国には、うんと勇敢でいながら精緻な美術品を作る民族がいる等々。

年齢を重ねてはいるがエルフィンドしか知らないディネルースには、ちょっと俄には信じられないような、世界の興味深く不思議な話の数々を、巧妙かつ軽妙洒脱な口調で聞かせてくれた。

「ともかく、世界各地の伝承や歴史、地理地勢を調べれば調べるほど、世の成り立ちでこの星に大きな星が落ちたのは間違いないようだね」

「本当に？　エルフィンドのあの伝承にも残る、私たちの種族の成り立ちに関わっていたという、あの、か？」

「ああ。そんな伝承はエルフィンドだけではない。世界中にある。この星には一二個の大小様々な月があり、ひと月ごとに順に入れ替わってどれかがいちばん近くに来るわけだが、どうもかつてはもう一つあった。その一つが、あの巨大極まる大瞑海に落ちた。私はそう思っている」

「そんな馬鹿な……」

「信じられないのも無理はないが。そのとき、剥がれ落ちたという欠片《かけら》の落下した場所は、この星欧大陸でも実際に見つかっているからね。間違いないと思うな。我らオークの祖は、そのうち一つの黒き塊に触れて、言葉を解するようになったとも伝わっている。磁針も証拠の一つだ。大瞑海に向かって、西のほうを指す。ちょっとあり得ないことなんだがね、これは。何か磁力のあるうんと大きな、星の固まりが落ちて。その中心がいまだにあの海では渦を巻くように嵐を起こしているのだと、人間族の学者たちは言っている」

「ふむ……」

やがて王は、彼の所有する、膨大な蔵書量を誇る図書室に出入りを許してくれるようになり、好きなものをどれでも読んでもいい、何ならヴァルダーベルクに持ち帰っても構わない、ただし読んだあとは元の場所に返しておくこと——そのように許可を与えてくれた。

これには、国王官邸副官部部長のダンビッツ少佐などはたいそう驚いたものだった。

掃除清掃の者はともかく、王の図書室を自由にしていいと言われた者が出たのは、グスタフ王の治世始まって以来のことだったらしい。

図書室は、圧倒されるほどの空間だった。

国王官邸の階層はどの階もうんと天井が高いが、その構造を利用して中二階式に内部を区切り、分厚く立派な書架がずらりと並んでいる。

真鍮製の手摺を備えた青銅製の螺旋階段が何か所かあって、それを登ればまた書架が。蔵書数は、万を超えているのではないかと思われた。書物特有の、柔らかな革と、質のよい紙のココアにも似た匂いに満ちていて、圧倒されるようだ。

また一隅には、グスタフの趣味を伺わせる存在があった。

丁寧にファイリングされた各国の切手、硬貨、紙幣。

壁や陳列棚に収められた、古今東西の銃器、蝶や鉱物の標本。

グスタフが彼自身のために書籍を取りにきたときなど、それらの解説をしてくれることもあった。

「綺麗だろう？　それはアカボシウスバシロチョウ《モルフォ》。ロヴァルナから、ベルリアント半島まで渡ることもある。珍しいものだよ、それは」

熱心に語る彼の横顔には、学究的というよりも、もっと稚気めいた、蒐集家の雰囲気があった。

所々に、革張りで詰め物のたっぷりとした椅子があり、品のよいサイドテーブルとランプとがあって、そのテーブルの棚にはカットグラスと彼お気に入りの林檎の蒸留酒が常備してあり、どこでも気の向いた場所で読書を楽しめるようになっている。

――なるほど、確かに。ここは王の隠れ家というわけか。

ディネルースは、衛兵交代を見守って、配置具合を眺め、図書室で本を読み、昼食を相伴に授かり、彼との会話を楽しんで、本を借りてからヴァルダーベルクへ帰り、午後はそちらであれこれ書類の決裁や旅団の指揮と指導をするという毎日を過ごすようになった。

そのような日々を送っていると。

――おやおや。

おやおやおや。

こいつは驚いた。

グスタフの様子に気づくものがあり、初めは己の勘違いかとも思ったが、どうにもそれは誤解ではないようだと確信が持てるようになってきた。

彼の瞳の具合や、言葉の端々や。

八月を迎える前に、まだ珍しく、高価なものだという、いままでの物と大きさはさほど変わらないのに信じられないほど遠くまでくっきりと見える野戦双眼鏡を贈られたとき、彼の様子から、女ならではの勘の鋭さと、重ねた年齢ゆえの他者を見る目で、間違いはないようだと思えた。

ただその問題についてはそれ以上王のほうから進展させるつもりはないらしく、むしろ彼自身が戸惑っている様子も感じられた。何か、他者が踏み込んではならない、壁のようなものがグスタフには確かにあった。

また彼とのそれまでの時間から、以前抱いた疑念を深めるようにもなってきた。

このふたつには、彼女自身がこれからの選択を為すためにじっくり思量を重ねてみたところ、根を同じくする部分が潜んでいる。

どうしたものか、と思う。

心を持つ者同士の、距離、間隔、情緒というやつほど厄介なものはない。

何かをきっかけにそれまでよりずっと深まることもあれば、下手に弄ると時間をかけて築きあげたものを一瞬で壊してしまうことがある。

改めて振り返ってみると――

ディネルースは、この奇妙なほど平穏な日常に安息を覚えてもいた。

考えてみれば、あの虐殺とシルヴァン川からの脱出行以来慌ただしいばかりで、ようやくに一息ついたような、そんな心身の緩慢と弛緩、静穏があったのだ。

寧日が訪れた頃合いも良かった。あの脱出行の直後ならそのようなものを楽しめもしなかっただろうし、多忙は自らの傷を癒してもくれたのだろう。その果ての平安だった。

何もそれを自ら壊すこともあるまい、とも思える。

だがそれではグスタフの瞳に潜んだものを放置することともなり、おそらくはそれを救えるのは己だけなのではないかという心境にもあった。

それに――

こんな日々は、そう長くも続くまいとも思えた。

彼女には大願があり、それはあまりも苛烈で、不穏で、剣呑な内容のものだ。エルフィンドと実際に戦争になる日はそう遠くなく、大乱となれば血と硝煙と弾雨にまみれた果てに、生を失う可能性も高い。

――やるには今しかあるまい。

一度決断を下すと、彼女は慎重に思慮を組み立てた。

抱いた疑問の根底部分は、あまりにも大胆なものであり、己自身でもまさかと信じかねる部分がいまだにあった。

触れた光景の数々を想起し、分析し、吟味して、そうとしか思えないとまた確信が持てたが、積木細工の一部が欠落したように、どれほど考えても思考の穴が埋まらない箇所もある。

どうにか他の部分で補完できると踏んでから、ようやく具体的な手段について考えることが出来た。

計画と言葉とを選んで、相手の反応を想像し、一つ一つ検証する――

機会を待ち、実行に移す日取りを選んだときには、狩りに出る日を思い出すようでもあり、面白みまで覚えてしまった。

下準備も入念に施した。その日までに幾らかきっかけとなりうる話題を仕込んでおいたし、当日はいつもの相伴に呼ばれた際、グスタフの側に常に控えている巨狼、アドヴィンに少し頼み事もした。

「……今日は、今日だけは、王とふたりで話がしたいのだ」

彼女がそっと願い出ると、アドヴィンはあの灰色の瞳でじっと彼女を見上げ、しばし沈思し、

「……よかろう、貴殿にしか為せぬこともある」

了解してくれた。

「ありがとう、アドヴィン」

この平穏の日々で、ディネルースが母なる白銀樹に感謝したことの一つが、この巨狼ともずいぶんと親交を持て、すっかり馴染めたことだ。

理由も告げていない願いに同意してくれたことは、アドヴィンのほうでもそのように捉えてくれて

いる証《あかし》と思えた。

どうやらこの巨狼は、さほど年齢を重ねておらず、おそらくグスタフよりも若いのではないかと、ちかごろのディネルースはみている。

幸い、グスタフはいつも近くで寝そべっているアドヴィンがいないことに不信を持たなかった。彼の執務室の、まるで重厚で軍艦の装甲のような扉には、アドヴィンだけで出入りできる潜り戸があり、そこからどこかに行ってしまうことも、ままあったからだろう。

この日の昼食は、北海の海産物が出た。

ニシンの酢漬けにオリーブ油をまわしかけ、夏のトマトとマスタードをソースに。

旬のホタテの貝柱をからりとフライにして、ワインヴィネガーとレモン、岩塩を添えたもの。

「これはこれは」

ディネルースは大いに喜んだ。

ニシンの酢漬けは、故郷でもよく夕餉の食卓に上った。

山岳民族であるダークエルフにとって、日常的に食べることの出来た、数少ない燻製や干物ではない海産物だ。魚料理といえば、湖沼の鱒《ます》やパイクのほうが印象にある。

一方のホタテは、オルクセンに来て初めて舌にのせた。

産地である北海沿岸はともかく、鉄道と、食料の冷蔵保存技術が進んでからこんな内陸部でも生で流通するようになったのだといい、それまでは海水とともに水運で運ぶしかなく、ごく稀《まれ》に食べられる貴重なものだった。

いまでは街の食堂などでも供され、さほど高価でもないが、皮膚感覚としてはいまだ「ご馳走」。

首都ヴィルトシュヴァインでは、バターソテーやフライにして、食通たちの前菜に好まれる。

初めて食べてみたときはおっかなびっくりだったが、たちまちその味にディネルースは魅了されたものだ。

滋味。旨味。清廉。肉厚。

精緻があって、緻密があった。

おまけに国王官邸司厨《しちゆう》部のコックたちの腕は折り紙つきだから、ごく薄い衣に技巧がある。含むとさっくりとし、温かで、身の柔らかみとの対比と相乗とに申し分ない。

彼女からみれば、火酒にも合う。

「ふふふ、ディネルースはホタテが気に入ったね」

グスタフにとっても好物のひとつだという。

どうにかもっと食べられるようにと、北海でまだ歴史が浅い養殖を増やすよう奨励してもいる、と。

食後の濃く熱いコーヒーが出て、互いにパイプと葉巻の火を点けたところで、彼が興味を抱いていた、エルフィンド歴代女王のひとりの話をした。

神話伝承の時代の、初代から数えて三番目の女王。現代のエルフィンドの国制の、ほぼ大筋を作り上げたと伝わっている。数々の改革を為し、しかもそれらをほぼひとりで思いついた、いってみれば中興の祖ということになる――

「これはまた信じられないことだが、神代のエルフ族には、元々は雌雄の別があったという。他の生物と同じく、男女の交わりによって子をなしていた。だがこの女王が、エルフはより完全な存在でなければならぬと、女だけにしてしまったのだともいう」

「……ほう」

グスタフは聞き入り、感嘆したものだ。

「触りだけは耳にしたことがあったが。いやはや、興味深い……」

「この女王がちょっと面白いのは、ここから先だ」

さて。あ、さて。

どう出るかな。

「ふむ?」

「女王は元は人間だったと。彼女自身が流行り病にかかっての死の間際、そのように告げたらしい」

「…………人間族がエルフに？　どういうことだ。そんなことが……」

「人間族が、というのは正確ではないな。これもまた俄には信じられないかもしれないが、この世とはどこか別の世界があって、そこから魂だけが女王に生まれ宿った、元人間だったというのだ」

「…………」

「エルフィンドの伝承には、しばしばそんな者がいたと残っている。エルフとして生まれ変わった者、あるいはある日突然、その別の世界の、人間の姿のままエルフィンドに降ってきた者もいた、と」

「…………降ってきた」

「そう。自他ともに、そうとしか説明がつかなかったそうだ。ある日忽然と、森や、平野や、丘や、湖のほとりで見つかった。何度かそんなことがあったうちに、エルフ族のほうでも半ば慣れっこになってしまったのだそうだ」

「…………」

「彼らは何故か、最初からエルフ族に好意を持っている者が多かった。そうして、まだ降星の混沌に満ちた、エルフィンドに色々な知恵を授けてくれた。農業や、科学や、鉱業の」

「…………」

「彼ら自身の言葉によれば、転生者《ヴィラール》という。本来は、諸々の力、とでもいう意味だ。ヴィラールは複数形で、単数形はヴィラ。女性形だとヴィリエラ。古語でそんな言葉があるほどには、ありふれた存在だったのだろうな」

「…………」

「流石に我が目にしたことはなかった私は、まるで信じてはいなかった。お伽話《とぎ》の一種として楽しんでいたくらいだ。だが、この国に来てから……いや――」

「…………」

「貴方と接するようになって少し考えが変わった。あり得るのではないか、と」

「…………」

「王。我が王。グスタフ。貴方もそうなのではないか？　貴方は、どこか別の世界の、元人間なのではないかな？」

沈黙が満ちた。

グスタフは否定も肯定もしなかった。

目を伏せ、感情の読めないまま、指先でパイプを弄りつつ、静かに紫煙を吐き出しながら、

「……どうしてそう思ったんだ？」

それだけを尋ねてきた。

「ひとつには、貴方の才能」

――農業、科学、工業、軍事。

比類なき才。

この国での殆どは、彼が思いついたのだとゼーベック上級大将たちも言っていた。

彼だけで！

どれほど才能があったのだとしても、そんなことはあり得ない。

技術の発展や熟成というものは、相互に影響しあってようやく成せるものだ。

何かもっと異質な、初めからそのようなものがあると知っていたのだとすれば、納得がいく。

「貴方がときおり語る、貴方が記憶や書籍のなかから探ったという専門用語の多くもそうだ」

国家総力戦。

諸兵科連合戦術。

旅団戦闘団。

空中偵察。

紙の上の戦争。

――そんな言葉のうち幾つかは、まだこのオルクセンにも存在していなかった。

「おそらく、まるで別の世界にあった用語だろう」

必要にかられ、耳慣れぬ言葉や言い回しを書きとめ、オルクセンの辞書をひき、アールブ語と突き合わせていた私にはそれがわかった。

「貴方はおそらく、最初からそんな才能を持ち合わせていたのではない。ロザリンドの会戦までは一介の兵士だったと、これは貴方自身も言っていた。きっかけになったのはあの魔術の使用だろう。そこで貴方の中の何かが目覚めた。これはシュヴェーリン上級大将たちの証言とも一致する」

「………」

「また一つには、貴方のオークとしての特異性」

――睡眠欲や性欲の欠落。

とくに性欲。

オークとは、そんな生き物ではない。

「貴方の中身が人間であるなら、むしろ当然だ。貴方はおそらく、種族としては本来夜行性であるオーク族のなかにあって、昼間眠くなったりしない。その証拠に、平気で読書や歓談をしていられる」

この国にとって、午後一時から二時ごろに習慣づけられている午睡の時間は大事なものだ。

行軍中の軍隊においてさえ、可能であるならば昼食の大休止とともにその時間にとらせることが望ましいとされているほど。

「そして、オーク族の異性に興味がないのだ。文字通り」

「…………」

「始めは単に、異性に興味がないのかと思っていた。だが貴方……これは私の勘違い、傲慢かもしれないが……グスタフ、貴方。この私には興味があるのだろう?」

「…………」

「貴方のまなざし、言葉。心遣い。ここしばらく接してみて、確信が持てるようになった。そして私の種族は、容姿としては極めて人間族に近い」

「…………うん。君に惹かれているのは、否定はしないな」

グスタフは初めて口を開いた。

「……そうか。安心した。断っておくが、光栄に思っている。最初は我が種族から何も差し出すものが無いゆえ、我が命も体も捧げると言ったが。いまでは本心からそうなってもいいと思っている」

「……そうか」

彼は目頭を揉んでいた。

——ここまで言ってやっても、踏み込んで来ない何かがあるな、やはりこの王には。

最後までやるしかあるまい。

「そして、あの魔術そのもの」

——天候を操れる。

あんな魔術は、あり得ない。

世の魔術とは、まるで異質だ。

そしてあれほど絶大な魔術力を持ちながら、通信や探知は出来ないという。

「あのとき貴方が使った詠唱。まるで言葉の響きがこの星欧のものとは思えない。どこかもっと別の、全く言語体系の異なる国のものだろう？」

「……聞いていたのか」

「ああ。我らは〝耳〟がいい」

「……そうか。あれの、あの詠唱の言語体系が異なるだろうというのは、正解だ――」

「…………」

「あれは、この世界でいえば、ずっと東の、道洋の、その果ての国が使っているものに近い」

「…………この世界でいえば、か」

「……ああ、この世界でいえば、だ」

彼はもう、半ば認めてしまっていた。

「あれは言っておくが、魔術の詠唱などではないのだぞ？　ちょっと願を掛けるくらい。私の――私の中の記憶にある故郷だった地域で、そんなときに唱える言葉だった。そもそも私がいたその世界には魔術なぞはなかった――」

グスタフは、ぽつり、ぽつり、と語った。

彼のいた世界は、魔種族や魔術などまるで存在しなかったのだそうだ。

大鷲族よりもっと巨大な、人間がうんとたくさん乗れる金属の空飛ぶ乗り物や、このオルクセンの都市が一日は食べていけるほどの量を運べる船や、数時間で星欧を横断できてしまうような速度の鉄道が走っていて。

そのように進んだ科学技術による産物を使って、この世界で言う魔術通信のようなもので、やろうと思えば世界中の誰とでも会話できるような、そんな世界だったらしい。

「オークとしての子供のころから、あの言葉だけは記憶にあった。ロザリンドの会戦のあと、あれを唱えると雨を降らすことができ、それからその世界のことを思い出すようになった。その点、君の考察は当たっているよ」

「…………」

「最初は、何か夢を見ているのだと思ったな。だんだんあちらの世界の記憶が鮮明になっていって。挙句には、どちらが夢なのかわからなくなったこともある。今でも時折、ふとそう感じることがあるな。この世界は、微妙にあちらと似ているんだ。地理も、歴史も」

「……大変だっただろう？」

「ああ。大変だった。我ながら、必死にやってきたな。私のいた世界の側にも、異世界に転生する物語はあったんだ。神話や伝承などではなく、作家たちが作り出す完全な夢物語だったから、まさか我が身にそんなことが起きたとは、信じられなかった」

「……そうか」

「どうやって、あちらの世界で生を終えたのか。どうやってこちらに来たのか。何故魔術が使えるのか。それらはいまだに私にもわからない」

「…………」

「ともかくも、必死にやってきた。夢物語では、さも簡単に出来るように書かれていた改革や革新は、これは私の才の無さもあったのだろうが、そんな一朝一夕にやれることではなかった」

「…………」

「一〇〇年。そう、一〇〇年かかった。何もかも上手くいくようになってきたのは、私の感覚でいえばごく最近のことだな。私にとって幸いだったのは、私を盛り立ててくれた者たちが、そんな私の特異性まで理解した上で側近になってくれた事だ」

「……ゼーベック上級大将、シュヴェーリン上級大将、ツィーテン上級大将か？」

「ああ。うん、鋭いな、君は。ただ、それに、アドヴィンもだぞ」

やはりか。

彼がどれほど改革や革新を思いつこうと、周囲の者が従わなければ実現は不可能だ。

このオルクセンという国でそれを為してきたのは彼らだろうと、だいたい察しはついていた。

彼らの結束は、あの魔術を核に集まっただけにしては、異常といっていいほど固かったからだ。

――アドヴィンもというのは、意外だったが。

「アドヴィンには驚いたよ。ロザリンド会戦のあと、私は自ら降らせた雨のために崖下に転げおちてね。そのとき出会って、助けてくれたのが彼だ」

そんなことが。

「気が付くと目の前に巨狼がいて。怖かったな。喰われると思った。だが彼は私を一目見て言った。貴様、オークではないな、と」

そうして彼を助け、崖上まで持ち上げてくれ。

ゼーベックやシュヴェーリンの前に、彼を連れていった。

「つまりアドヴィンは、オーク族と他種族を結んだ、最初の一頭だったんだ。シュヴェーリンは、私が落っこちたあとずいぶん探してくれたらしい。でも泣く泣く諦めていた。もちろん、今じゃ恨んでなんかいない。彼はたくさんの同族を本国まで連れ帰ろうと、必死だったからね。お互いに、いまでは当時のことを冗談にもする」


——この悪党！

——誰が悪党です！　また転びますぞ！


そうか。冗談めかしたあのやりとりには、そんな意味が。

「しかし、なんだ。君でも読み切れないことはあるんだな？」

グスタフはくすくすと笑った。

「残念だが、それはたくさんある。とてもたくさん、な。一つ、どうしても最後までわからなかったこともあるくらいだ」

「ほう？　なんだい？」

わかっているくせに。

「グスタフ。貴方。どうして私に手を出そうとしないのだ。なぜ踏み込んでこないのか。これだ。どうとでもなっただろう？　貴方の立場なら。その気なら、最初からどうすることも出来たはずだ」

「あー……うん――」

彼は少しばかり悩んだあとで、告げた。

「それ。その立場というやつだ。まず、君はあのとき、大変な苦境にあった。ようやくそれから脱したあとだった。そんな君の、こう言っては何だが半ば自暴自棄めいた忠誠を利用して手を出そうなど、人のやることではない。私はそう信じている。あー……いまの私は人ではないけれどね」

なるほど、な。

――やはり、このお方は優しい。

根の彼は、彼の中身である本来の「彼」は、ただただ優しい人物なのだろう。

おそらく、それを信念にもしている。

損な性分でもあるかも。本来なら、王など引き受けるべきではなかったほどの。


――ディネルース、よく戻ってきた。よくやったぞ。

――降りるなら今のうちだぞ。

――演習中止！　中止だ！

――オテントサン　オテントサン

思えば、ずっとそうだった。

やはり、いい牡。

――いや、いい男だ。

「そして今は……その。私はオークだよ。中身はどうあれ。オークだ」

なんだ、それは。

そんなことで悩んでいたのか。

それはよくわからん。

「私は、気にしないが。もう、そんなことは気にならなくなっている。貴方が相手なら」

「……ありがとう。いや、本当にありがとう……とても嬉しい」

あ、照れた。

意外というか、案の定というか。可愛い目をするな、このお方は。

「でもな、そういうことじゃないだ。そうではなく。あー、どういえばいいんだ。君は妙なところで鈍くなるな――」

「…………？」

「私は、オークのなかでも体格はいいほうだ。つまり、その、目方も重ければ、その……」

――あ。

「そういうことか……」

「……ああ、うん。わかってくれたか」

な、る、ほ、ど。

なるほど。なるほど。

つまり、私を壊してしまうかもしれない、と。

確かにそれは、私のほうが鈍かった。

なにしろ私は、そういった方面の経験はないからな。我が一族には女しかおらん。いやまあ、女同士でそうなる趣味のやつもいるが。

ずいぶんと長い間生きてきたが、女の悦びを知るのは初めてのことになる――

「……ダークエルフは、人間ほどやわな存在ではない。たぶん……そう、たぶん大丈夫だろう。試してみなければ、わからないが」

「…………」

なんだ、そのあんぐりした顔は。

今度は大胆過ぎたか。

まぁ、止むを得まい。

私はもう、とっくの昔に娘と呼ばれるような年齢ではなくなっている。

かれこれそう、何年になるか――

三〇〇歳を過ぎたあたりで、数えるのはやめてしまった。

そういえば、この男、気になっているであろう素振りはあるが、私の歳は聞かないな。

どうせ、女に歳を聞くのは失礼だとでも思っているのだろう。そう信じているのだ。だから絶対に聞きはしない。

まったく、この男《ひと》は。

「……それほど心配なら。エリクシエル剤でも用意しておいてから事に臨もう」

「……軍医も待機させておくか？」

「いいな。なんならエアハルト銃と野砲も」

「……ふふふふ。はははは！　君は本当に面白いな」

「ふふ。まあ、戦争みたいなものではあるらしいからな」

「ふふ、ふふふふふ。たしかに」

ようやく、区切りがついたか。

まあいい。

これで、何かがまた始まった。

私としては、今夜はどう振る舞うか、その戦術方針を考えるとしよう――

《了》

外伝

狼は眠らない

――土の匂いがする。

星暦八七六年八月上旬。星欧では北方に位置するオルクセンにおいても、燦々《さんさん》と太陽が煌めく夏。

アンファングリア旅団は、練成作業を本格化させている。

旅団の猟兵連隊に属するウルフェン・マレグディス二等兵は、中隊ごとに行われる実弾射撃教練を迎えていた。

シルヴァン川国境近く、中央分水嶺地域に位置する山村の出身。うねるような赤毛の髪をした、周囲からは勝気な顔つきに見える兵だ。

ようやくか、という思いがしている。

オルクセンに限らず何処の軍隊でも同様だが、兵になったからといって、いきなり小銃を撃たせてもらえなどしない。

いくらエルフィンドで国境警備隊にいた経験があろうと、考慮もされなかった。

まず被服類の支給と貸与から始まり、四日ほどかけて身体測定や健康診断をやる。おまけにアンファングリア旅団は新規編成部隊であったうえに、オルクセン軍にとってダークエルフ族の部隊は彼女たちが初にして唯一の存在であったから、被服の調達も遅れ気味になった。

基礎体力作り、基礎動作習得、行進訓練といった兵としての根幹的部分を仕込まれたあと、射撃に関していえば小銃や弾丸の仕組み、弾道についてなど、基礎知識の座学を施されてから、やっと実弾射撃に移る。

オルクセン軍に特徴を見出すとすれば、座学が詳細を極めたということだろう。

「実包装薬は、雷管を撃針で打撃することにより点火され云々」

などという構造解説から始まり、照準のつけ方には弾道学まで含まれていた。

周囲には、実戦経験もない教官からの座学など何の役に立つなどと嘯《うそぶ》き、息まく兵もいたが、ウルフェン個人としては、オルクセンの兵隊は皆これを理解しているのかと、ぞっとした。

ともかくも――

この日、ウルフェンは射撃教練に臨んだ。膝射と、伏射の二種類。それぞれ五発ずつ。

オルクセン軍は、散兵戦術の導入以来、伏射を重んじている。

ただ、まずはイロハを学ぶために膝射からだ。

立ったままの小銃射撃――立射は、やらなかった。これはもっと基礎的な扱いだというので、執銃教育の一貫として兵としての動作や銃の操作、照準のつけ方のみを学ぶ過程に組み込まれ、実弾射撃そのものは省略されていたのだ。

ウルフェンにとって、オルクセン軍の小銃――Gew七四は、驚異的な産物だった。構造が精緻なうえに、製造工作精度が良く、しかも設計に配慮が満ちている。例えば彼女がいま手にしている、猟兵用の銃身の短な型と同系譜になる騎兵用の物は、弾を込めたり射撃後の薬莢を排出するために使う槓桿《ボルト》の部分が、故意に下方へ曲げて作られていた。形状も平たい。

――騎兵は、その背へ斜めに銃を負うから、槓桿が当たって痛くならないように。

なるほど、一度目にし、耳にしてみれば当然のことだが、随分と感心した。

ただ、故郷で使っていたキャメロット産の小銃とは余りにも構造に差があり、戸惑いも多い。射撃に要する所作に、やたらと拘るオルクセン軍の教令にも。

そもそも、立射での実弾射撃教育を省くとは。密集隊形による横隊射撃をいまだ根幹に置いたエルフィンドの教令を経験している身からすると、ちょっと信じられないところがある。

これらの困惑は、ダークエルフ族側の士官や下士官となった者たちにも、正直なところ同感だという空気が滲み出ていて、ウルフェン一個の感情というわけでもなかった。

それでも、彼女は見事な成績を収めた。

周囲には怒鳴り散らされている兵も多いなか、彼女たちの後方で見守っていた少隊長に、ほう、と感嘆の吐息を漏らさせている。

三〇〇メートル離れた位置に造作された土堤《どてい》に並んだ、射撃の的となる紙には、大きな何重もの円が描いてある。中心点には、ちょっと濃く黒く塗られた部分もあった。そこに命中すれば五点、その外側は四点、更に外側は三点という具合に、成果を数えていく。

事故防止のために赤い手旗を振ったあと、担当の兵によって確認された命中弾は、五点に一発、四点に三発、三点に二発。

「マレグディスは見込みがあるぞ」

少隊長は、傍らの軍曹を振り向く。

「は。では？」

「うん」

定められた手順通りに、側にいた所属班の伍長から「射手交替」を告げられ、立ち上がりかけていたウルフェンは、やってきた軍曹から、

「マレグディス、もう一度撃ってみろ」

告げられた。

「はっ」

伍長から、もう五発の一一ミリ小銃弾を受け取る。

槓桿を引き、弾を込め、構える。

狙いをつけ、引鉄《ひきがね》を引き、発砲。

その動作を、淡々と繰り返す。

五点一発、四点三発、三点一発。

「……マレグディス二等兵。故郷では何をやっていた？　まあ、だいたいのところは想像はつくが」

「猟師を。キツネ撃ちをしておりました」

「うん――」

警備隊では下士官にまで進み、あの困難な脱出行で後衛戦闘にも参加したという軍曹は、唇の端を捻じ曲げた。

まるで性格悪く見える。

「結構なことだがな。猟師のころの撃ち方は、ひとまず忘れろ。教本通り肘を横へ伸ばせ」

「はっ」

「よし。貴様は明日から選抜射手訓練を受けろ。特別扱いはせんぞ。実包訓練は起床時間前になる。いいな？」

「はい！」

やがてウルフェンは、射撃成績優秀者《マークスマン》であると認められ、専用の徽章をつけるようになった。

肩肘張った教本通りの撃ち方よりも、猟師として身につけた射撃法のほうが成績も良いというので、これを許されてもいる。

オルクセン軍では、彼女のような者を伝統的に「狙撃手《シャルフ・シュッツェ》」と呼ぶ。

「特別扱いしない」という軍曹の言葉は、現実とは相反した。

周囲と同じ猟兵用の短小銃型を使うのではなく、工作精度の良いＧｅｗ七四を選び抜いた物が与えられたのだ。銃身が長い故に、射距離もあるし、命中弾も得やすい。ウルフェンはこの小銃をこそ、何よりの誇りに思った。

彼女は誰よりも早く起き、与えられた小銃を分解整備し、訓練にも励んだ。

通常の兵と同じく、前夜には皮革装備の手入れなどもあったから、大変な努力であることは言うまでもない。

狙撃手は、隊から離れて単独で行動することもあるからと、体力技能教練にも怠りがないとあっては尚更である。

ウルフェンのような役割を負った者は、各小隊に一名の割でいた。

これにはちょっと別事情も絡んでいて、最新鋭小銃Ｇｅｗ七四系列はいまだ全軍に行き渡っておらず、なかでも短小銃型はバリエーションも多いため、生産は遅れ気味だ。

そこで名目上、猟兵小隊当たり一名、既に一定の生産数がある長銃身のＧｅｗ七四を配して、短銃身型の必要数を節約したのだ。

各隊の中には、決して射撃優秀者とは言えないがＧｅｗ七四を与えられた者や、名目上は長銃身型が配されたことになっているところも多かった。

だがウルフェンは違う。

彼女の射撃技量と、寡黙なまでの努力とが、与えられた小銃を「正統な代価」だと周囲にも認めさせるに至った。

誰もが彼女を頼りにし、同隊であることを誇りに思った。

「……ウルフェンの奴は、一体いつ眠っているのかね？　いつも一番に起きていやがる」

「気迫が違うよ。あいつの村は――」

「うん？」

「氏族長まで、白どもに連れ去られたのさ」

「……そうか」

同隊の兵たちは、そんな噂を囁き合った。

ある兵は、事情を知ると、背筋を震わせた。ウルフェン・マグレディスには、そのような気負った雰囲気がまるでなかったからだ。何処までも寡黙で、冷静で、淡々と技巧を磨き続けている。

「……獲物を狩ろうとするときの巨狼だな、まるで」

巨狼は獲物を追うとき、三日でも四日でも、仕留めるまで諦めない。

猛り狂っているというのとは違う。何処までも畏怖の対象だ。

ああ、と誰かが頷いた。

「そんなときの狼は眠らない」

《了》

あとがき

皆様、初めまして。樽見《たるみ》京一郎《きょういちろう》と申します。

この度は、私にとって商業デビュー作となります「オルクセン王国史」をお手にとってくださり、感謝の念に堪えません。心より御礼申し上げます。

「野蛮なオークの国は、如何にして平和なエルフ国を焼き払うに至ったか」という大変長い副題のついた本作は、一種の異世界近代ファンタジーということになりましょうか。

件《くだん》の副題は、有名なネットミームが着想もとです。

ある日突然、「平和なエルフの森（村）をオークが焼く」、「攻め込んできた」。果たして彼らオークは、なぜエルフの森を焼き払うに至ったのか。そしてどうやってそれほどの軍勢を送り込んだのか。細かく想像してみれば、謎ばかりです。

その謎をひとつ解明してみようじゃないか、というのがそもそもの分不相応な発想もとでした。

そして、本作のもう一つの大きなテーマに「兵站《へいたん》」がございます。英語で申せばロジスティクス。私たちが日頃利用する通信販売や宅配などには、膨大な工程と関係者様の御苦労が詰まっております。少なくとも、目につきやすい「輸送」はほんの一部に違いないことは確かです。

私などの能力では、そのすべてを描ききることなど決してかないませんが、雰囲気だけでも再現できれば、などと考えた次第です。

一九世紀をモデルとした近代に舞台を設定したのは、私の完全な趣味になります。「剣と魔法」が定番のファンタジー世界を、「銃と魔法」の近代ファンタジー世界としました。

かくして筆をとった次第ですが、小説を書くのは、実に約三〇年ぶりのことでした。

幸運にもこれが一二三書房様のお目にとまり、第二回ＷＥＢ小説大賞で過分な賞を頂き、こうして書籍化の運びとなったわけですが――

受賞のご連絡を頂いた際は、歓喜に全身が震えつつも、唖然とするような心持ちでもありました。

――こんな癖の強い、おおよそ主流から外れたような作品を？　だ、大丈夫ですか？

ラーメンに喩《たと》えてみれば、定番の醤油でもなければアッサリ塩でもない。紛れもない濃厚トンコツ。ビートルズでいえば、ジョン・レノンではなくリンゴ・スター。

あ、あんたオイラが見えるのかい!?　そのようなガクブル状態でございました。

しかも改めて読み返してみると、我ながら悪文、駄文、乱筆のオンパレード。穴があったら入りたい、工兵を呼んでくれ、いやその前に衛生兵だ！　などという具合です。

もしＷＥＢ連載版と比べ、読みやすくなった、マシになったじゃねぇか、新鮮に感じられたという読者様がおられましたら、それは関係各位様の御力に依るものです。また、書籍化にあたって軍事関係考証を快く引き受けて下さいました、「先任」氏のお引き回しに相違ございません。

改めて、この場にて御礼申し上げます。

そして何よりも貴重なお時間を割き、拙作をお手にとって頂いた貴方様に、最大級の感謝を。

また貴方様と再会できますよう願いつつ。

樽見京一郎

参考文献

マーチン・フォン・クレフェルト、佐藤佐三郎訳『補給戦——何が勝敗を決定するのか』中公文庫
井上孝司『現代ミリタリー・ロジスティクス入門　軍事作戦を支える・人・モノ・仕事』潮書房光人社
ドイツ国防軍陸軍統帥本部／陸軍総司令部編纂、旧日本陸軍／陸軍大学校訳、大木毅監修・解説『軍隊指揮　ドイツ国防軍戦闘教範』作品社
菊月俊之『世界のミリメシを実食する』ワールドフォトプレス
菊月俊之、河村喜代子『続・ミリメシおかわり！』ワールドフォトプレス
津久田重吾『ミリタリー服飾用語事典』新紀元社
歴史群像編集部編『日露戦争兵器・人物事典』学研
佐山二郎『大砲入門』光人社NF文庫
佐山二郎『日本陸軍の火砲　野砲　山砲』光人社NF文庫
佐山二郎『日露戦争の兵器——付・兵器廠保管参考兵器沿革書』光人社NF文庫
ラルフ・プレーヴェ、坂口修平訳、丸畠宏太・鈴木直志訳『19世紀ドイツの軍隊・国家・社会』創元社
セバスチャン・ハフナー、魚住昌良訳、川口由紀子訳『図説 プロイセンの歴史　伝説からの解放』東洋書林

国会図書館蔵『戦術原則図解：附・陸軍軍隊符号』軍事学指針社
国会図書館蔵『野戦騎兵小隊長必携』陸軍省徴募課編纂
アーネスト・スウィントン、武内和人訳『愚者の渡しの守り：タイムループで学ぶ戦術学入門』国家政策研究会
新映画宝庫12『ミリタリーヒーローズ　力瘤映画 戦場編』大洋図書
野田浩資『音楽家の食卓』誠文堂新光社
カトリーネ・クリンケン、くらもとちさこ訳『北欧料理大全』誠文堂新光社
『ヨーロッパのスープ料理――フランス、イタリア、ロシア、ドイツ、スペインなど11カ国130品』誠文堂新光社
谷田博幸『図説 ヴィクトリア朝百貨事典』河出書房新社
アルブレヒト・テーア、相川哲夫訳『合理的農業の原理　上巻・中巻・下巻』農文協
溝口康彦、福地宏子・數井靖子監修『新版 モダリーナのファッションパーツ図鑑』マール社
池上良太『図解 北欧神話』新紀元社
藤井非三四著『帝国陸軍師団変遷史』国書刊行会
Kevin F. Kiley『An Illustrated Encyclopedia of Military Uniforms of the 19th Century』Lorenz Books
Scott L. Thompson『Gulaschkanone: The German Field Kitchen in WW2 and Reenacting』Schiffer Military Ltd

オルクセン王国史1
～野蛮なオークの国は、如何にして平和なエルフの国を焼き払うに至ったか～

発 行
2023年12月15日　初版発行
2024年　1月31日　二版発行

著 者
樽見京一郎

発行人
山崎　篤

発行・発売
株式会社一二三書房
〒101-0003　東京都千代田区一ツ橋2-4-3 光文恒産ビル
03-3265-1881

編集協力
㈱セイラン舎／リッカロッカ 萩原清美

印 刷
中央精版印刷株式会社

作品の感想、ファンレターをお待ちしております。
〒101-0003　東京都千代田区一ツ橋2-4-3 光文恒産ビル
株式会社一二三書房
樽見京一郎 先生／THORES柴本 先生

Printed in Japan, ISBN 978-4-8242-0075-4 C0093
※本書は小説投稿サイト「小説家になろう」（https://syosetu.com/）に
掲載された作品を加筆修正し書籍化したものです。